A comme Association

Le subtil parfum du soufre

A comme Association

Le subtil parfum du soufre

Pierre Bottero

Gallimard Jeunesse / Rageot Éditeur

Maquette : Didier Gatepaille

ISBN : 978-2-07-063467-5

Loi n° 49-956 du 16 juillet 1949 sur les publications destinées à la jeunesse.
Dépôt légal : mars 2011
N° d'édition : 176303-01
Achevé d'imprimer en Italie en février 2011
sur Roto-Page de l'imprimerie Grafica Veneta S.P.A.

1

Je coupe le contact.

Ma Kawa émet un feulement déçu mais, docile autant que teigneuse, abandonne la nuit au silence.

J'enlève mon casque pour jeter un coup d'œil autour de moi. Le quai est désert.

D'un côté, une série d'entrepôts vétustes auxquels s'adossent des conteneurs moribonds, de l'autre le ruban sombre et lisse de la Seine qui ondoie doucement. Sous mes pieds un goudron humide de la dernière averse, des résidus de poubelles éventrées et des flaques d'eau huileuse dans lesquelles se reflète la lune obèse qui surveille Paris.

Une brève hésitation et je décide de ne pas attacher ma bécane. Il n'y a personne dans le coin et si, par hasard, il y avait quelqu'un et qu'un repli stratégique s'impose, je serais heureuse de ne pas perdre cette fameuse seconde qui marque si souvent la différence entre la vie et la mort.

Bon, j'exagère un peu. Rien ne laisse supposer que je sois en danger. « Mission d'information, m'a précisé Walter en me tendant l'enveloppe scellée contenant mes instructions. Un de nos Agents estime que ces entrepôts sont le lieu d'activités suspectes. Il est fort probable qu'il se fourvoie mais l'Association ne peut se permettre de prendre le moindre risque. Surtout en ce moment. »

Un de nos Agents ? Qui se fourvoie ?

En entendant parler ainsi le directeur du bureau parisien, l'image de Jasper m'est immédiatement venue à l'esprit, tant penser et se fourvoyer sont deux verbes qui illustrent à la perfection sa personnalité. Je n'ai pas demandé à Walter si mon intuition était fondée. « L'Agent garde secrète la nature de son travail » précise la cinquième règle qui régit l'Association. Il ne m'aurait pas répondu.

Bon, si j'exagère en parlant de vie et de mort c'est parce qu'en cas de pépin je suis de taille à me défendre. Je l'ai prouvé lors de ma dernière mission, qui était également ma première. J'ai débuté les arts martiaux, karaté, boxe thaï et pancrace, il y a une dizaine d'années quand je vivais au Canada et, en toute objectivité – je n'ose pas dire modestie –, je me débrouille plutôt bien, voire suis susceptible de me montrer particulièrement dangereuse quand on me cherche.

Je possède en outre des capacités… particulières que j'évoquerai plus tard si l'occasion se présente.

Enfin, si ma précédente mission s'est soldée par un joli succès, j'ai l'impression qu'elle m'a transformée. J'ignore si c'est dû à ma rencontre avec Erglug le troll philosophe ou au fait que j'aie échappé de justesse à Siyah le magicien qui voulait ma mort, mais une certitude que je croyais ancrée en moi à jamais est en train de s'effriter. Une question commence à me hanter : puis-je résoudre à coups de baffes les problèmes qui se posent à moi ?

Attention, Ombe, ne te ramollis pas ! Même si les baffes ne sont pas la panacée, en distribuer quelques-unes évite souvent d'en prendre beaucoup. Tu es bien placée pour le savoir.

Ombe c'est moi.

Ombe Duchemin.

J'ai dix-huit ans, de l'avis général je suis du genre canon, quoique je ne sois pas fichue de garder un mec plus d'une semaine, et je travaille pour l'Association.

Description un peu trop lapidaire, j'en ai conscience. Je lui adjoins donc quelques détails.

Je suis née au Canada ou, plutôt, on m'a trouvée au Canada, endormie dans la neige. Si on précise que j'étais alors âgée de quelques jours à peine, que la personne qui m'avait déposée à cet endroit – un kidnappeur ? ma mère ? un fou ? – n'avait pas jugé nécessaire de m'habiller et que, par conséquent, j'étais en train de mourir, les problèmes relationnels et comportementaux que je trimballe depuis cette époque deviennent compréhensibles, non ?

J'ai grandi à Montréal, testant tous les centres pour mineurs en détresse de la région puisque aucune famille d'accueil n'a jamais voulu m'accorder davantage qu'un CDD de courte durée. Cela m'a privée du goût des baisers, des histoires du soir dans le lit et de ce qui constitue le quotidien d'une enfant normale mais, en contrepartie, j'ai acquis une autonomie en béton armé et un instinct de survie aussi affûté qu'un rasoir. Et si j'ai toujours été solitaire – seule ? – je n'ai jamais été malheureuse. Presque jamais.

Je suis grande, blonde, les cheveux courts, les yeux bleus, la peau mate et, comme j'adore le sport, j'ai un corps qui tient la route. Pour en découvrir davantage sur mon physique – grincement de dents – il suffit d'acheter la revue pour laquelle j'ai posé récemment. Le photographe – nouveau grincement de dents – m'a roulée et j'y apparais plus dévêtue que je ne l'escomptais…

Moment essentiel de mon histoire personnelle, j'avais quatorze ans quand j'ai été contactée par l'Association, quinze quand j'ai signé mon contrat, dix-huit quand j'ai quitté le Canada pour rejoindre l'antenne française et commencé à bosser.

C'est en France que j'ai établi mes premières relations humaines dignes de ce nom. Laure et Lucile, les deux nanas avec lesquelles je partage un appart rue Muad'Dib, Walter, mademoiselle Rose et le Sphinx, les trois membres du bureau parisien et, dans une moindre mesure vu qu'il est aussi horripilant qu'attachant, aussi blaireau que brillant, Jasper, Agent stagiaire comme moi.

Il y aurait pas mal d'autres choses à dire : le nombre étonnant de langues – vivantes – que je maîtrise, mon aversion pour les enseignants qui n'a d'égale que le plaisir que j'éprouve à apprendre en lisant, ma passion pour les activités à risques, mais j'aurais l'impression de me répéter et j'ai un entrepôt à explorer.

La suite plus tard, si tout se passe bien.

Je fourre les clefs de ma bécane dans la poche de mon blouson en cuir, j'attrape mon casque et je me dirige vers ce qui ressemble à une porte rouillée version siècle dernier. Avant de l'atteindre, je réalise que, question discrétion, je me suis vautrée. Les talons de mes santiags résonnent sur l'asphalte, suffisamment fort pour qu'au cas où des garous trafiqueraient dans le coin je n'aie pas la moindre chance de passer inaperçue.

Je n'ai jamais rencontré de garou, mais ce que j'ai lu à leur sujet ne laisse aucune place au doute : ouïe et odorat surdéveloppés !

Toute à ma joie d'avoir enfin déniché les bottes dont je rêvais, je n'ai pas envisagé une seconde de les quitter pour enfiler une paire de baskets. Bien joué, Ombe !

Encore un détail que j'aurais dû ajouter à mon autodescription : une tendance très marquée à privilégier l'action sur la réflexion.

Bon, le mal est fait et comme je n'ai pas l'intention de retourner à l'appart pour changer de godasses, autant continuer.

La porte est ouverte.

Tant mieux parce que je me voyais mal utiliser la magie pour la forcer. Et ce, même si j'en suis capable. Euh… suis censée en être capable. Autant Jasper est un pro question sortilèges, autant je suis du genre maladroite dès qu'il s'agit de manier les arcanes. Personne n'est parfait !

Il fait nuit à l'intérieur. Beaucoup plus qu'à l'extérieur. Je plonge la main dans le sac à dos qui ne me quitte jamais et j'en extrais la lampe torche rangée à côté du nécessaire à magie fourni par le Sphinx.

Lumière.

L'entrepôt est vaste et délabré. Des machines-outils percluses de rouille agonisent en silence dans la poussière, des piles de palettes attendent l'improbable camion qui viendra les chercher pour recyclage tandis que des cartons moins patients ont déjà commencé à se décomposer. Une odeur prégnante d'huile rance et de cendres aigres imprègne les lieux.

Qu'est-ce que des garous ficheraient ici ?

Je sais qu'ils vivent en clans urbains et qu'ils aiment les endroits discrets mais ils sont aussi connus pour leur goût de la propreté et leur besoin d'air pur. Et il n'y a ni l'une ni l'autre ici.

« Un clan de garous marginaux serait utilisé par des vampires déviants pour surveiller la fabrication d'une drogue illicite. Ils œuvreraient dans des entrepôts désaffectés du bord de Seine, non loin du bois de Vincennes. Ta mission consiste à enquêter, à démêler le vrai du faux et à effectuer ton rapport, en aucun cas à intervenir. »

C'est, au mot près, ce que contenait l'enveloppe que m'a remise Walter. Un Walter qui n'a pas résisté à l'envie de m'asséner une ultime recommandation alors que je quittais son bureau :

– De la discrétion, Ombe ! De la discrétion avant tout !

Le directeur de l'agence parisienne est un inquiet, doublé d'un maniaque de la discrétion, le contraire de moi en somme, et pourtant, bizarrement, je l'aime bien. Si les entrepôts des environs ressemblent à celui-ci, il sera vite rédigé, mon rapport, et Walter évitera peut-être l'infarctus en respirant un bon coup.

J'en suis à ce point de mes cogitations lorsque mon téléphone sonne. Une fois le bref instant de surprise passé, je ne peux réprimer un sourire. Je suis vraiment la reine de la discrétion. Après les santiags, le téléphone ! S'il était au courant, Walter en avalerait sa panoplie entière de mouchoirs. Et pourtant ils sont grands et moches.

Heureusement qu'il ne sera jamais au courant.

Et heureusement qu'il n'y a pas de garous dans le coin. Être repéré en pleine mission de filature parce qu'on n'a pas éteint son téléphone est sans doute ce qui se rapproche le plus de la honte absolue pour un Agent de l'Association.

Un coup d'œil sur l'écran me révèle l'identité de mon correspondant : Jasper.

J'étouffe un grognement. C'est drôle comme j'apprécie de le joindre quand j'ai besoin de lui et comme j'apprécie beaucoup moins qu'il m'appelle. Question d'indépendance, sans doute.

– *Ombe ?*

– Ouais.

– *Oui... heu... désolé si je t'embête. C'est juste que j'ai fait une boulette ce soir et...*

– Attends !

Un mouvement dans l'obscurité sur ma droite a attiré mon attention. Suffisamment furtif pour qu'une alarme se déclenche dans ma tête et fasse passer Jasper au dernier rang de mes priorités.

Je pivote. Braque le faisceau de ma lampe torche devant moi.

Waouh ! Qu'est-ce que c'est ce truc ?

2

Une masse sombre est tapie près d'une énorme fraiseuse rouillée.

Humanoïde, elle mesure deux mètres de haut et presque autant de large. Muscles saillants, crocs acérés, elle a tout du cauchemar et pourtant, après une seconde de palpitations cardiaques effrénées, je retrouve calme et sérénité.

Ce n'est pas que je sois fan des monstres velus mais j'ai reconnu Erglug, le troll à qui j'ai eu affaire il y a quelques jours alors qu'il était sous l'emprise d'un magicien. Il a tenté de me réduire en miettes et se trouvait en passe de réussir, quand j'ai eu l'excellente idée de liquider celui qui le contrôlait. Erglug s'est retrouvé libre et nous nous sommes séparés en bons termes. Il a beau être hideux, il ne représente aucun danger.

En revanche, quelque chose cloche.

C'est connu, les trolls sont des solitaires qui aiment la nature et vivent à l'écart des humains.

Je ne comprends donc pas ce qu'Erglug trafique dans le noir de cet entrepôt. Et comme je suis de nature curieuse…

– Qu'est-ce que tu fiches ici ?

Je regrette instantanément d'avoir posé cette question. Les trolls, je l'ai appris il y a peu, sont des philosophes et Erglug ne déroge pas à la règle.

Bien au contraire.

Comme, en plus, il est bavard, il va m'offrir une réponse alambiquée sous la forme d'une citation de Goethe ou de Platon et…

Monumentale erreur.

Erglug ne profère pas un mot mais il se redresse. Par tous les diables, notre rencontre date de deux jours à peine, comment ai-je pu oublier à quel point il est impressionnant ?

D'autant plus impressionnant que s'il a décidé de se taire, il grogne. Un grognement type pitbull taille XXXL, version enragée.

Un épais filet de bave peu engageant coule le long de son menton et une dangereuse lueur rouge pulse au fond de ses prunelles.

– Eh ! T'es sûr que ça va ?

Erglug, je m'en aperçois soudain, tient, ce soir, beaucoup plus du tueur psychopathe que du philosophe bavard. Ai-je vraiment cru un jour que je pouvais devenir copine avec un monstre pareil ?

– Euh… je vais te laisser alors…

Je ne suis pas naïve, du moins pas en ce qui concerne les situations du type de celle que je suis en train de vivre, et je sais quand il est vain de continuer à discuter. Je m'estimerai heureuse si je quitte cet entrepôt sans bouffer du troll.

Ou plutôt sans être bouffée par un troll.

Ma lampe torche toujours braquée sur Erglug, je recule en direction approximative de la sortie.

Manque de bol, Erglug me suit.

Démarche chaloupée, crocs à l'air, poings serrés...

Je n'ai aucune envie de me friter avec lui. D'abord parce que je l'aime bien, même s'il est visiblement bloqué en mode réflexion zéro, destruction cent, et surtout parce que la seule et unique fois où nous nous sommes rentrés dedans lui et moi, il s'en est failli d'un cheveu qu'il m'atomise.

Malgré mon manque de goût pour la débandade, la dérobade, la déroute et autres lâchetés commençant par « dé », je m'apprête à tourner les talons pour tenter de battre le record du monde du cent mètres en entrepôt lorsque Erglug se rue en avant.

– Merde !

Les trolls sont des montagnes de muscles quasi indestructibles, ils sont teigneux, dotés d'une vitalité incroyable et, pour ne rien arranger, ils sont rapides.

Très rapides.

Erglug est sur moi avant que mon projet de fuite se soit concrétisé.

Je n'ai pas le temps de me placer en position de combat.

Un poing presque aussi gros que ma tête m'emboutit au niveau du thorax. Mes poumons se vident de l'air qu'ils contenaient et je m'envole.

Je m'envole littéralement.

Direction le plafond.

Ou plutôt direction une poutrelle métallique qui a la mauvaise idée de traverser l'entrepôt à cet endroit.

Je la heurte au niveau des vertèbres lombaires – craquement sinistre – et je repars en vrac vers le sol où je m'écrase comme une outre. Ma tête heurte le ciment – nouveau craquement sinistre – j'ai l'impression que mes jambes se disloquent et...

Stop !

Je sais, je devrais être morte.

Ou au moins agonisante.

Ce serait vrai pour n'importe qui, pas pour moi.

Je suis incassable.

C'est une des particularités que j'évoquais tout à l'heure. Je l'ai découverte quand j'avais une dizaine d'années et j'ai pris garde de n'en parler à personne.

Jamais une bosse, jamais une fracture, jamais rien.

Même en menant la vie, euh... agitée que je menais alors. Et que je mène toujours. Même en tombant du quatrième étage, même percutée par une voiture ou un camion – un train, je n'ai pas essayé – même en étant emportée par une avalanche de rochers – si, si, ça m'est arrivé – même au cours des multiples bagarres auxquelles je me suis trouvée mêlée. Jamais rien.

J'ai eu beau rester discrète, un des recruteurs de l'Association a eu vent de cette particularité et s'est intéressé à moi.

– Le but de l'Association, m'a-t-il expliqué lors de notre deuxième rencontre, est de gérer les Anormaux en s'appuyant sur les Paranormaux.

Les Anormaux, ce sont ces êtres que la plupart des humains considèrent comme mythiques et qui existent pourtant bel et bien. Vampires, garous, trolls, gobelins, goules, daedroths, lutins et une multitude d'autres.

Les Paranormaux, ce sont les humains qui possèdent un pouvoir particulier que la science est incapable d'expliquer et donc d'admettre, ce qui constitue, lorsqu'on y réfléchit, un nombre impressionnant de pouvoirs possibles.

Chaque Agent de l'Association possède un tel pouvoir qu'il a l'obligation de tenir secret.

Le mien est d'être incassable.

Me prendre le coup que vient de m'asséner Erglug est loin d'être agréable, la poutrelle métallique m'a esquinté le dos et j'ai les dents qui vibrent encore de ma rencontre avec le ciment du sol mais je suis capable de bouger.

Suffisamment pour rouler sur le côté et éviter le coup de pied qui, sinon, m'aurait arraché la tête.

Et tuée par la même occasion.

Oui, tuée.

Pour être précise, mon véritable pouvoir n'est pas d'être incassable mais presque incassable et quand on s'explique avec un troll, l'adverbe presque acquiert tout à coup une importance vitale.

Il y a deux jours, Erglug m'a brisé le bras en le saisissant dans sa grosse pogne. D'accord, j'ai guéri avec une rapidité stupéfiante – il ne reste aucune trace de la fracture sur les radios – toutefois je doute que cette capacité de régénération fonctionne sur une blessure plus grave, du genre tête arrachée.

Et je n'ai aucune envie de l'expérimenter.

Le pied velu d'Erglug frôle ma tempe, je bondis sur mes pieds à moi. Instantanément, je passe en mode combat. J'ai pris conscience que ce raccourci m'était propre il y a peu de temps. Là où d'autres réfléchissent, hésitent, planifient, voire, dans le meilleur des cas, prennent de rapides décisions, j'agis.

En l'occurrence, et comme je tiens toujours mon casque à la main, je l'écrase violemment sur le nez d'Erglug. Dans le même mouvement, je lui balance mon genou dans le ventre, de toutes mes forces.

Il faut avouer qu'en plus de vouloir sauver ma peau je suis en pétard. Malgré les apparences, je ne suis pas particulièrement belliqueuse, je déteste juste qu'on me confonde avec un paillasson ou un punching-ball. Or voilà deux fois que ce maudit troll me cherche noise. Deux fois de trop.

Erglug ne paraît pas troublé par ce que je viens de lui envoyer dans la figure et dans le bide. Il pousse un rugissement et se jette sur moi. J'esquive en passant sous son bras et je lui retourne un revers de casque sur la nuque.

Bruit sec d'éclatement.

Un bref instant je crois l'avoir eu, puis les deux moitiés de mon casque tombent à terre.

Raté !

Une paire de mâchoires terrifiantes claque au ras de ma gorge.

Je profite de la proximité de sa trogne de tueur pour l'attraper par les oreilles. Courte impulsion et je lui flanque un prodigieux coup de boule… qui n'a pas l'effet escompté.

À moitié assommée, je titube en arrière, Erglug, lui, se précipite en avant.

Heureusement, je récupère vite.

Pas glissé sur le côté, coup vicieux de santiag derrière les genoux et la course de mon ami le troll se transforme en un roulé-boulé incontrôlable et incontrôlé qui s'achève avec fracas contre une monumentale machine-outil.

Même un troll assoiffé de sang ne fait pas le poids face à douze tonnes de fonte. Erglug marque un compréhensible et douloureux temps d'arrêt. J'en profite pour passer à l'action.

La machine-outil est une emboutisseuse, un engin monstrueux utilisé pour modeler les non moins monstrueuses plaques d'acier qu'on lui donne à manger. Je ne suis pas spécialiste de ce genre de joujou mais le levier qui me tend les bras est suffisamment éloquent pour que je me jette dessus.

Avec un bruit de tous les diables, le marteau pneumatique de l'emboutisseuse s'abat à la volée sur le crâne d'Erglug… qui pousse un grognement surpris.

Le marteau pneumatique remonte.

J'abaisse à nouveau le levier.

Le marteau pneumatique retombe.

Erglug grommelle un inintelligible juron.

Troisième coup de marteau pneumatique.

Soupir fatigué.

Le quatrième coup de marteau pneumatique n'atteint pas sa cible. Erglug a levé un bras, stoppant net la course du marteau.

– C'est désormais chose acquise, annonce-t-il d'une voix forte, le refus de la violence, loin d'être passif, demande une énergie particulière.

3

Bien que la force d'Erglug soit ahurissante, ce n'est pas son geste qui me sidère mais la tirade qui l'a accompagné. S'il se remet à parler, c'est qu'il va mieux. Se pourrait-il que la folie meurtrière qui l'animait l'ait quitté ?

Prête à réagir s'il décide de reprendre les hostilités, j'interromps ma démolition trollesque.

Erglug en profite pour se frotter le crâne avec circonspection. Puis il tourne les yeux vers moi.

– Barbara Dening est l'auteur de cette remarquable citation, déclare-t-il. Léon Tolstoï, lui, pensait que la vérité doit s'imposer sans violence. Doit-on en déduire que la vérité réside dans le refus de la violence et si oui, quid de l'énergie évoquée par Barbara Dening ? Qu'en pensez-vous, demoiselle ?

Je laisse échapper un discret soupir de soulagement. Aussi pénible que dans mon souvenir mais à nouveau inoffensif.

– Erglug ?

– Oui ?

– Pourquoi as-tu essayé de me tuer ?

Un air désolé et presque comique – presque – se peint sur son visage.

– Je n'ai pas voulu vous tuer.

– Ah bon ? Tu as drôlement bien fait semblant dans ce cas !

– Je ne prétends pas avoir fait semblant de vous tuer, je prétends ne pas avoir voulu vous tuer. La différence est d'importance.

Il fronce les deux balais-brosses qui lui servent de sourcils avant de poursuivre :

– Vous êtes d'ailleurs en partie responsable de ce qui vient d'arriver.

Je lui jette un coup d'œil inquiet. Il semble parfaitement remis de sa rencontre avec le marteau pneumatique et s'il lui prenait l'envie de me sauter dessus, m'en débarrasser ne serait pas chose facile. Mais ses pulsions belliqueuses semblent l'avoir quitté et comme il est assis, je conserve l'avantage.

– Tu m'expliques ?

J'ai failli me montrer plus virulente. Heureusement, un vieux dicton découvert dans un grimoire roumain m'est revenu à l'esprit à temps : « Qui veut vivre âgé ménage le troll rencontré. »

– Vous avez cru occire Siyah, pourtant il a survécu.

– Quoi ?

Siyah est le magicien auquel j'ai été confrontée lors de ma première mission. Pour des raisons non encore élucidées, il cherchait à éliminer la Créature d'un lac perdu en forêt à une centaine de kilomètres de Paris. Un sortilège complexe lui avait permis de soumettre Erglug à sa volonté, le transformant en arme de destruction massive. Lorsque l'arme en question s'est attaquée à moi, j'ai sauvé ma peau en tuant Siyah. En croyant le tuer, apparemment.

– Siyah n'a rien d'un magicien de pacotille et, malgré le respect que j'éprouve pour vos talents guerriers, demoiselle, il faut davantage qu'un coup de pied, aussi violent soit-il, pour l'abattre.

– Il a donc récupéré et a renouvelé le sort de soumission…

– Le sort de soumission dont j'étais victime n'était pas vraiment rompu puisque Siyah n'était pas vraiment mort. Pour mon plus grand chagrin, je n'ai pas pu résister lorsqu'il a retendu les fils magiques qui me lient à sa volonté.

– Qui te lient ?

Coup d'œil sur la porte. Si Erglug fait mine de se lever, je peux l'atteindre avant lui, c'est une certitude. Aurai-je en revanche le temps de démarrer ma moto avant qu'il me rattrape ? C'est une autre question.

Erglug secoue sa grosse tête.

– Qui me liaient. Quand Siyah a frôlé la mort, les fils se sont abîmés. Le traitement que vous m'avez infligé, quoique fort désagréable…

– Tu l'as cherché !

– Je ne le nie pas. Ce traitement, donc, a fini de me libérer. Du moins je le crois.

– Tu le crois ? Seulement ?

– La Rochefoucauld a écrit fort justement que ce que nous prenons pour notre guérison n'est le plus souvent qu'un relâche ou un changement de mal.

– Ce qui signifie ?

– Que je n'éprouve plus la moindre envie de vous écraser et que je me sens honteux d'avoir un jour éprouvé cette envie. J'arracherais en revanche volontiers la tête de Siyah pour l'offrir à ma belle – nous, les trolls, détestons être victimes d'un sortilège de soumission – mais…

– Mais ?

– Je détesterais encore plus retomber en son pouvoir, ce qui m'incite à la prudence. Cela dit, Francis Bacon, dans ses *Essais de politique et de morale*, a affirmé que la vengeance était une justice sauvage. Or qu'y a-t-il de plus sauvage qu'un troll ?

Je réprime avec peine un soupir agacé.

– Et à part ça, quelles sont tes intentions ?

Il se lève et fait craquer les muscles monstrueux de ses épaules.

Je recule d'un pas.

– Réfléchir à la façon la plus prudente et la plus sauvage de me venger, déclare-t-il.

Puis il s'incline dans un salut qu'il veut courtois et qui n'est qu'effrayant.

– Je vous prie une fois encore d'excuser mon comportement et je vous réitère mes remerciements pour m'avoir libéré. Je vous suis redevable, demoiselle, et je saurai, le jour venu, vous témoigner ma reconnaissance.

– Euh… d'accord.

Il s'éloigne à grands pas et en atteignant la sortie se tourne vers moi.

– Je n'ai aucune velléité d'ingérence dans vos affaires cependant s'il s'avérait que vous cherchez des hommes au comportement étrange rôdant par ici, sachez que vous les trouverez dans l'entrepôt sis en bout de quai.

Le temps que je comprenne qu'il m'a fourni un renseignement précieux, il disparaît.

L'entrepôt en bout de quai ?

Je n'hésite pas longtemps.

Certes, le retour inattendu de Siyah doit être rapporté au plus vite à Walter mais les hommes qu'a évoqués Erglug – des garous ? – ne passeront pas la nuit à m'attendre. Chaque chose en son temps. J'appellerai le bureau de l'Association lorsque j'en saurai davantage sur ce qui se trame ici.

Je ramasse ma lampe qui, au contraire de mon casque, a eu la bonne idée de ne pas se briser, je l'éteins et je me glisse dans la nuit.

Souvenir…

J'ai cinq ans.

Ou six.

Sept peut-être.

Je me suis enfuie du centre d'accueil. Trop de contraintes, trop de règles, trop d'obligations. Pas assez du reste.

La nuit est tombée depuis des heures. Je marche sans but dans une forêt sans fin.

Je ne le sais pas encore mais, demain, la police me retrouvera.

– Tu n'as pas eu peur toute seule dans le noir ? me demandera un éducateur quand je serai de retour au centre.

Impossible de répondre. Trop de mots dans la même question.

Le noir ne m'effraie pas. La solitude n'est pas liée à la nuit. Elle ne fait pas peur. Elle est juste triste.

4

Le dernier entrepôt de la zone semble aussi vétuste et désert que les autres.

Semble.

Quelque chose me souffle que ce n'est qu'une apparence.

Bon d'accord, Erglug m'a avertie avant que mon petit doigt m'alerte mais je pense que, s'il ne m'avait rien dit, je m'en serais aperçue seule. Aucune lumière ne filtre par un quelconque interstice, aucun bruit de voix ne s'élève derrière les murs de tôle.

Non, je sens juste que le lieu est… spécial.

Ce n'est pas la première fois que j'éprouve pareille sensation : la certitude que je m'apprête à vivre un événement important. Et comme la vie s'est débrouillée pour que cet événement important se traduise toujours à mon égard par danger, menace, piège et autres réjouissances, chaque fois que je ressens ce petit frisson prémonitoire, je serre les poings.

Je m'approche de la porte rouillée, jumelle de celle que j'ai franchie cinq minutes plus tôt, je pose la main sur la poignée.

Fermée.

Claquement de langue agacé.

Le sortilège permettant de forcer une serrure est réputé accessible au premier apprenti magicien venu. Sauf que je suis incapable de me souvenir si, en guise d'ingrédients, il faut utiliser de l'améthyste, du saphir, de la bourrache brachipodale ou de l'extrait de marguerite, ladite marguerite étant, je crois important de le rappeler en passant, une inflorescence et non une fleur.

Pour ne rien arranger, la formule idoine s'applique à glisser le long de mes neurones mémoriels comme une goutte d'huile sur un carter endommagé.

Pauvre de moi !

Bien sûr, je pourrais enfoncer la porte, en plus d'être incassable, je suis assez… vigoureuse, mais, à part en jouant *La Marseillaise* au clairon, je vois mal comment me faire davantage remarquer.

Ce qui est drôle, c'est qu'il y a une semaine de cela je ne me serais pas posé la question. J'aurais fracassé la porte d'un coup de pied, au risque d'esquinter mes santiags, j'aurais foncé à l'intérieur et…

C'est là que j'ai changé. Sur le « et… ».

Sans que je sache avec précision quand et pourquoi j'ai changé, il est devenu important pour moi de savoir ce qui se passera après.

Après la porte fracassée.
Après la baffe assénée.
Après le feu rouge grillé.
Après.

Bon, je ne suis pas devenue pour autant une accro à la prudence ou à la réflexion et si je ne trouve pas très vite un moyen de pénétrer dans ce fichu entrepôt, je vais revenir aux bonnes vieilles méthodes.

Peut-être y a-t-il une autre entrée à l'arrière de l'entrepôt. Je me faufile dans un trou du grillage censé clore la zone et entreprends d'en faire le tour.

Il y a une issue à l'arrière, un énorme portail pour camions fermé lui aussi.

Le troisième côté, lui, est vierge de toute ouverture.

Quant au quatrième, il donne directement sur la Seine.

Je m'apprête à revenir à la première porte lorsque la curiosité me pousse à me pencher. L'entrepôt a été prévu pour accueillir des camions mais également des bateaux ou, du moins, des barques. Un chenal est creusé dans le quai et pénètre à l'intérieur.

Mieux, le volet roulant permettant de condamner cette issue n'est pas abaissé en totalité.

Mieux encore, l'étroit trottoir qui longe le chenal en contrebas du quai constitue une porte d'entrée parfaite.

Presque trop parfaite, devrais-je me dire, c'est louche.

Je n'ai pas l'habitude de me dire des choses pareilles et, les rares fois où cela m'arrive, je ne m'écoute pas.

Je descends en souplesse sur le trottoir, le longe jusqu'au volet roulant et me glisse par l'ouverture. Me voici dans la place.

Je renonce à allumer ma torche. Le plafond est vitré et si les vitres sont crasseuses, elles sont assez nombreuses pour que la clarté de la lune suffise à se repérer. Je constate que le chenal traverse la pièce encombrée de caisses qui s'ouvre devant moi avant de passer sous un deuxième volet roulant.

Et que de la lumière filtre par-dessous le volet. De la lumière et le son d'une voix. Je m'approche le plus discrètement possible.

– Tu vas me répondre, oui ?

La voix gutturale, porteuse de violence et d'autorité, est celle d'un chef que personne de sensé ne souhaiterait avoir sur le dos.

– Par les crocs de Vuk, tu vas me répondre ?

L'ordre est suivi du bruit, reconnaissable entre tous, d'un poing s'écrasant sur un visage. Puis d'un deuxième. D'un troisième…

– Il ne répondra pas, Trulež.

– Seigneur Trulež !

– Euh… Il ne répondra pas, seigneur Trulež. Pas après ce que nous lui avons injecté dans les veines.

– Je croyais que ce produit devait le faire parler !

Le ton, déjà agressif, est monté d'un cran pour virer à la menace. Il n'est pas content le père Trulež et, à mon avis, celui à qui il s'adresse est mal barré.

– Je… je… il est… résistant. Plus résistant que… que prévu. Il a tenu jusqu'à sombrer dans l'inconscience et…

– Et ?

– Comme vous… vous avez ordonné qu'on lui injecte une deuxième dose, il… il est probable que son cœur… lâche d'une minute à l'autre. Et s'il… s'il tient le coup, il ne se réveillera pas avant demain.

– C'est maintenant que je veux ma réponse, pas demain !

– Je… je sais, seigneur. Je… je suis désolé.

Le silence retombe sur l'entrepôt. Ce Trulež est en train de réfléchir et j'en profite pour l'imiter.

Il est possible que ces types soient des garous.

Possible, pas probable.

Je n'ai aucune idée de ce qu'ils fabriquent mis à part qu'ils sont en train de massacrer un autre type – un autre garou ? – pour lui extorquer des confidences. La prudence voudrait que je me planque dans un coin et que je prenne des notes à l'intention de Walter, mais l'aversion que j'éprouve pour toute forme d'autorité, surtout abusive, me souffle d'intervenir.

Si les deux types sont des humains, je n'aurai aucune difficulté à leur botter les fesses. Si ce sont des garous, bon, cela risque d'être plus compliqué.

Les garous sont des teigneux, des bagarreurs. Ils sont puissants, dotés d'incroyables capacités de régénération, sans oublier qu'ils se transforment.

Pas en animaux, ça, c'est réservé aux films fantastiques, mais en créatures humanoïdes pleines de poils et de muscles, avec une tête de loup version cauchemar de la mort.

La transformation est volontaire et la pleine lune la facilite, voire, dans le cas des plus jeunes, la rend quasi obligatoire.

Suis-je de taille à affronter deux garous ? Là est la question.

Honnêtement j'en doute, surtout s'ils se transforment. Je tenterais toutefois volontiers l'expérience. Juste pour voir.

– Balance-le à la flotte !

Tiens, Truležž a fini de réfléchir.

– Vous… vous l'épargnez ?

C'est drôle, moi aussi ça m'étonne.

– Balance-le à la flotte et tiens-lui la tête sous l'eau jusqu'à ce qu'il crève !

Pas si original que ça finalement, le père Truležž. Un bon gros chef. Méchant comme il faut.

Je comprends que j'ai, moi aussi, achevé de réfléchir en m'apercevant que je suis en train de me glisser sous le volet roulant. Voilà le problème. Quand on est douée pour l'action, on finit par se surprendre toute seule.

La salle dans laquelle j'arrive est vaste. Comme la précédente, elle est remplie de caisses en bois et, en son centre, le chenal se transforme en bassin. Un bassin rempli d'une eau noire et huileuse sur laquelle se reflète la lumière de quatre énormes lampes électriques posées à proximité.

Le tout forme un ensemble glauque à souhait mais je ne lui accorde qu'un bref coup d'œil.

Il faut dire que mon attention a mieux à faire.

Ce sont bien des garous.

Grands, physique d'athlètes, muscles saillants sous des blousons de cuir portés à même la peau, jeans moulants, mâchoires carrées, cheveux sombres…

Ils ne sont pas deux.

Ils sont douze.

Et les douze me regardent.

5

– Qu'est-ce qu'elle veut celle-là ? aboie un des garous, plus grand et massif que les autres qui sont pourtant loin d'être des nains.

Je parie ma moto neuve contre un vieux Solex qu'il s'agit de Trulež.

Casquette d'aviateur, épaisse chaîne d'acier autour du cou, pendentif en forme de tête de mort, blouson clouté, une autre tête de mort tatouée dans le cou, il serait ridicule si son regard ne clamait pas, de façon évidente, qu'il est d'abord dangereux.

Il me jauge de la tête aux pieds avant de cracher une série d'ordres :

– Toi, tu finis ce que tu as commencé. Toi et toi vous allez me la chercher. Toi, toi et toi, vous vérifiez qu'elle est seule.

Le premier ordre s'adresse à un garou qui porte un type inanimé sur l'épaule, sans doute celui que Trulež s'évertuait à faire parler quand je suis arrivée.

Le garou s'empresse d'obéir. Deux pas en direction du bassin et il balance son fardeau à la flotte. Un fardeau qui, après avoir éclaboussé les alentours, s'enfonce gentiment dans les profondeurs, ôtant au lanceur l'obligation de lui maintenir la tête sous l'eau pour le noyer.

Cinq autres garous s'élancent. Avec une hâte qui en dit long sur l'effet Trulež. Trois foncent vers la porte, deux se précipitent sur moi.

Et moi, justement ?

Eh bien, une fois n'est pas coutume, je reste immobile, incapable de choisir une option parmi celles, pourtant peu nombreuses, qui s'offrent à moi.

Résister ? C'est la première fois que je rencontre des garous mais j'ai beaucoup lu à leur sujet et ce que j'ai lu est clair. Si un garou ne fait pas le poids face à un troll, un troll ne fait pas le poids face à douze garous, et comme j'ai failli ne pas faire le poids face à un troll, à coup sûr je ne fais pas le poids face à douze garous. Ça a l'air complexe comme ça mais dans ma tête c'est limpide.

Ajoutons que, suite à mon récent démêlé avec les gobs, Walter n'a pas manqué de me rappeler que le rôle d'un Agent était de gérer les Anormaux, pas de les envoyer rejoindre leurs ancêtres, et l'option résister devient du grand n'importe quoi.

Fuir ? Trop tard.

Parlementer ? Jamais su faire.

Les deux garous arrivent sur moi, lorsque je me souviens brusquement que je suis une Agent de l'Association et qu'à ce titre je possède d'autres armes que mes poings et mes pieds. J'enfonce la main dans la poche de mon jean, attrape ma carte pro et la brandis devant moi.

– Association ! Personne ne bouge !

La dernière fois que j'ai tenté le coup de la carte, c'était pour essayer de calmer cette bande de gobelins décidés à mettre un lycée à feu et à sang.

Fiasco total.

Les gobelins ont fait semblant de m'écouter mais, en réalité, ils se fichaient totalement de moi et ils se sont débrouillés pour poursuivre leurs activités.

Quand je me suis ouverte de ce problème à Walter, il s'est contenté de hausser les épaules en prenant un air fataliste.

– Si les Anormaux respectaient l'Association autant que l'Association les respecte, notre travail serait plus facile. Hélas, une récente analyse montre que seuls 83 % d'entre eux reconnaissent notre importance et s'estiment liés à nous.

– 83 % ? Ce n'est pas mal.

– Ce serait même bien si ce nombre n'avait pas tendance, ces derniers temps, à fondre avec une inquiétante rapidité. N'oublie pas, en outre, que la plupart des Anormaux que tu seras amenée à gérer appartiendront, comme les gobelins, aux 17 % restants.

– Euh… pourquoi ? C'est une malédiction ?

– Non, une évidence. Le vampire qui, en accord avec l'Association, sait que la meilleure attitude consiste à mener sa vie de vampire le plus discrètement possible ne nous posera pas de problème. Le vampire qui, en revanche, se moque de l'Association et décide un beau matin ou plutôt une belle nuit de vider de son sang un promeneur malchanceux requerra l'intervention d'un Agent.

– L'Agent peut aussi être amené à intervenir pour aider un Anormal victime d'une injustice, d'une agression ou dont l'existence risque d'être percée à jour sans pour autant qu'il en soit responsable, non ?

– Bien sûr. Cela constitue alors ce que nous appelons les missions faciles.

Les garous qui se ruent sur moi font-ils partie des 83 % d'Anormaux gérables ou des 17 % d'Anormaux pénibles ?

Je vais être très vite fixée.

J'ai crié, mon geste a été péremptoire et ma carte est parfaitement visible, mon pouce habilement placé de façon à masquer le mot stagiaire, réducteur, inscrit sous le A de Association.

Les garous ne font pas mine de ralentir.

Soit ils sont aveugles et sourds, pour des garous ce serait le comble, soit ils se fichent de ma carte, cette dernière possibilité étant de loin la plus probable. Le nombre d'options s'offrant à moi se réduit soudain à une. Tant pis.

Alors que la main du premier se tend vers mon épaule, je l'évite et lui plante mon coude dans le plexus solaire. Bruit de ballon de baudruche qui se dégonfle. Dans le même temps, le second garou se prend mon genou dans le ventre et se plie en deux.

Bon. J'aurais préféré gérer cette histoire autrement mais ce n'est pas ma faute si…

Par le rictus de Lucifer !

Loin de s'effondrer comme je le pensais, comme ils auraient dû le faire vu ce que je leur ai envoyé, les deux garous se redressent, les yeux injectés de sang. Leurs épaules, déjà massives, s'élargissent, les muscles de leurs bras se gonflent, leurs pectoraux se déploient et ils prennent en quelques secondes vingt centimètres en hauteur et presque autant en épaisseur. Cette transformation, confondante, n'est pourtant rien face à celle de leurs visages. Leurs joues se couvrent de poils, leurs arcades sourcilières s'étoffent, leurs nez se changent en museaux velus et leurs mâchoires, soudain prognathes, sont garnies de crocs effrayants.

Étudier dans un bouquin la métamorphose des garous est une chose, la voir s'accomplir sous ses yeux en est une autre. Et quand les garous en question ont d'évidence l'intention de vous étriper, la règle commune à tous les arts martiaux affirmant qu'une attaque débutée doit être menée jusqu'au bout se retrouve privée d'à-propos.

Je ne mène donc pas mon attaque jusqu'au bout et je recule même de trois pas.

En grondant, les garous se ramassent pour bondir. Tiens, ils possèdent des griffes aussi, des machins de dix centimètres affûtés comme des rasoirs, et si je suis pratiquement incassable, je demeure totalement déchirable, découpable, sectionnable, hachable…

Mal barrée, Ombe ! Plus encore que face à Erglug !

Serait-ce la fin ?

– Arrêtez !

6

Ce n'est pas moi qui ai crié mais Trulež et sa voix obtient l'effet que n'ont eu ni ma carte d'Agent ni mes coups.

Les deux garous se figent.

Leur chef s'avance, les renvoie d'un geste du menton, se plante devant moi, bras croisés sur sa vaste poitrine.

Sale gueule mais impressionnant. Et encore, impressionnant est un mot un peu léger pour décrire l'aura qui se dégage de lui.

Je réalise avec une douloureuse acuité que je n'ai que dix-huit ans, une connaissance purement livresque des Anormaux et des capacités physiques qui, pour étonnantes qu'elles soient, ont des failles et des limites. Beaucoup de failles et d'inquiétantes limites.

Par tous les diables, comment me suis-je fourrée dans ce pétrin ?

– Pourquoi l'Association nous espionne-t-elle ?

La voix rocailleuse de Trulež possède l'amabilité du verre pilé. Alors que le mot survie prend soudain un relief douloureux dans mon esprit, un autre surgit du tréfonds de ma conscience pour l'épauler : diplomatie.

– Je ne t'espionne pas, face de caniche, j'ai vu de la lumière et je suis entrée.

Promis, si je survis, je prends rendez-vous avec un psy.

Trulež a sursauté. Ses énormes poings se ferment et tandis qu'un grondement sourd monte de sa gorge, il retrousse les lèvres, mettant à nu des crocs acérés qui n'ont rien d'humain.

J'ai lu que les garous les plus puissants maîtrisaient leur métamorphose jusqu'à être capables de la limiter à une partie de leur corps. Apparemment Trulež est puissant.

Un mot un peu léger pour le décrire.

– Donne-moi une raison, une seule, de ne pas t'étrangler avec tes entrailles ! crache-t-il.

– L'intelligence.

– Quoi ?

Je me permets un sourire.

Au point où j'en suis…

– J'ignore ce que tu trafiques ici avec tes petits copains, tu ignores pourquoi je me suis pointée. Nous savons en revanche tous les deux que si tu me tues, tu te retrouveras avec l'Association sur le dos. L'intelligence te souffle d'accepter la partie nulle.

Mon argumentation ne tient pas la route. Je n'ai jamais lu ni entendu dire que l'Association vengeait ses Agents tombés au front mais Trulež le croit peut-être. Du moins je l'espère.

Je me compose l'attitude de la fille qui ne craint rien et j'attends. Trulež, lui, pointe le visage vers moi et renifle deux fois.

– Tu pues la frousse, me jette-t-il, cela suffirait pour que je te liquide sauf que tu sens aussi autre chose. Une odeur infecte que je n'ai rencontrée qu'une fois et que je n'aime pas. Que je n'aime pas mais que je respecte. Profite de la chance que t'offre cette odeur-là. Si ta route croise à nouveau la mienne, je me montrerai moins clément.

Il jette un rapide coup d'œil au bassin et, sans doute rassuré que le corps ne soit pas remonté à la surface, il lance un ordre :

– On se casse !

Sur un dernier regard, brûlant de haine, Trulež tourne les talons et se dirige vers la porte de l'entrepôt. Ses compagnons lui emboîtent le pas et je me retrouve seule.

Je m'oblige à compter jusqu'à dix sans bouger puis, lorsque je suis persuadée qu'ils ne feront pas demi-tour, je me précipite vers le bassin. Les garous ont laissé les lampes allumées pourtant l'eau est trop sombre pour que je distingue le fond. J'opère un rapide calcul.

Deux minutes.

Voilà à peu près deux minutes que le type est là-dessous. Largement le temps de s'être noyé, sans compter qu'il était peut-être déjà mort quand il est passé à la flotte.

Merde.

Je retire mes bottes, balance mon blouson par terre et saute.

J'ai eu raison de ne pas plonger, il y a moins d'un mètre d'eau. Une eau grasse et puante pareille à de la pisse d'alien.

Avec un frisson de dégoût, je tâte le fond du pied. Je trouve très vite celui que je cherche mais il est trop lourd pour que j'aie une chance de le remonter à la force des orteils.

Je serre les dents, m'accroupis dans le cloaque, réprime une nausée quand l'eau se referme au-dessus de ma tête, empoigne le type par les cheveux et le ramène à l'air libre.

Il est froid, immobile et ne respire plus. Il ne sera cependant pas dit que je n'aurai pas tout tenté. Je contracte mes muscles – bon sang ce qu'il est lourd – et réussis à le sortir du bassin.

J'ai suivi des cours de secourisme et si à aucun moment de ma vie je n'ai envisagé une carrière médicale, je sais comment procéder face à un noyé. Sans chercher à vider ses poumons remplis d'eau, je lui pince le nez et entreprends un énergique bouche à bouche.

Je me bats contre l'inéluctable pendant dix minutes sans que s'amorce le moindre changement. Alors que je m'apprête à renoncer, le type est pris d'un violent hoquet. À peine le temps de le basculer sur le côté, il vomit une incroyable quantité de liquide... avant de s'asseoir brusquement. Je savais que les garous – ce type est un garou – étaient solides, jamais je n'aurais pensé qu'ils le soient à ce point.

Bon, il n'est pas tiré d'affaire pour autant. Il a le regard vitreux, le teint livide et tremble comme une feuille.

– Hé... Ça va ?

Pas de réponse.

J'étouffe un juron. Mon petit doigt me souffle que Trulež et ses copains sont du genre à revenir pour vérifier qu'il est bien mort. Et ce coup-là, j'ai de grandes chances de me retrouver avec lui au fond du bassin. En plusieurs morceaux.

À situation d'urgence, solution d'urgence.

L'Association met au service de ses Agents un numéro de téléphone à n'employer que lorsque les conditions l'exigent. Mademoiselle Rose s'est montrée explicite à ce sujet et je ne l'ai jamais utilisé.

Jusqu'à aujourd'hui.

J'attrape mon blouson sans quitter des yeux le garou à moitié inconscient et je me mets à fouiller dans la poche intérieure.

– Par les cornes de Lucifer !

Lorsque Erglug m'a sauté dessus, j'avais mon téléphone à la main puisque j'étais en ligne avec Jasper mais comme aucun appareil ne résiste à la charge d'un troll, il se trouve sans doute, à l'heure actuelle, réduit en poussière quelque part.

Cela ne m'arrange pas et pas seulement parce que je tenais à ce téléphone.

Le temps presse. Si je n'étais pas aussi nulle en magie, je pourrais contacter le bureau grâce à un sortilège, jeter un charme qui…

Concentre-toi, Ombe. Ne te disperse pas avec des « si ». Utilise tes atouts.

Je me penche sur le garou toujours assis.

– Tu peux marcher ?

Il ne me regarde même pas.

Je l'empoigne sous les bras et l'oblige à se lever. Miracle. Il titube, si je le lâche il tombe mais il tient droit sans que j'aie à le porter.

En quittant l'entrepôt, les garous ont eu l'amabilité de laisser la porte ouverte. À pas lents, je guide mon ex-noyé vers la sortie. Il nous faut presque dix minutes pour atteindre ma moto.

Le plus dur est de la lui faire enfourcher mais, là aussi, mon entêtement porte ses fruits. Je le bascule d'un mouvement de hanche – il pèse plus de cent kilos, c'est sûr… Ça y est. Il s'affale sur le réservoir, commence à glisser, je saute en selle derrière lui et le coince entre mes bras.

Je parviens à introduire ma clef dans son logement, la tourne, appuie sur le démarreur.

Le moteur de ma Kawa me salue d'un doux feulement.

Un frisson de satisfaction me parcourt le dos. Le plus dur est fait. La suite ne sera pas facile mais une fois au guidon de ma bécane plus rien ne peut m'arrêter.

J'enclenche la première et, avec un soupir d'aise, je prends la route.

7

La nuit a beau être noire et les routes, puis les rues, plutôt vides, je cesse très vite de compter les têtes qui se retournent sur notre passage.

Je suis obligée de rouler à petite vitesse, ni mon passager ni moi ne portons de casque et la place dudit passager – assis devant moi – comme sa position – vautré sur le réservoir, figure écrasée sur le guidon – sont plutôt inhabituelles. Ce n'est toutefois pas la curiosité des badauds que je crains mais celle d'éventuels policiers. À l'approche des fêtes de fin d'année, ils se multiplient sur les trottoirs à la vitesse des pères Noël et si l'un d'eux m'interpelle – un policier, pas un père Noël – ma carte d'Agent de l'Association ne me servira à rien.

La chance est avec moi, j'atteins la rue Muad'Dib avant d'être arrêtée par une patrouille et je rentre ma bécane dans le minuscule local que je loue pour pas grand-chose à Khaled, l'épicier du coin.

Puis j'entreprends de gravir les quatre étages qui me séparent de mon appart en traînant le garou derrière moi.

J'ai conscience que le manuel du parfait Agent, s'il existait – le manuel, pas l'Agent – déconseillerait l'accueil d'un garou chez soi mais c'est la seule idée qui m'est venue à l'esprit quand j'ai réfléchi à l'endroit où le conduire en attendant qu'il récupère.

S'il récupère.

Le trajet à moto ne l'a pas arrangé. Il est toujours atonique, muet, et tremble plus encore que lorsque je l'ai repêché, conséquence logique du vent de notre course nocturne sur ses vêtements trempés et…

Je sais. Je devrais être plus frigorifiée que lui. Ou du moins autant. J'ai pris un bain moi aussi, j'ai roulé de nuit moi aussi, à moto moi aussi.

Oui, mais.

J'ai toujours éprouvé des difficultés à percevoir la température. Beaucoup de difficultés.

Mieux que ça, la température et ses divers changements, même radicaux, ont très peu d'effets sur moi. Voire aucun. Cette particularité est à la fois un avantage – je ne me brûle pas en égouttant les pâtes, je ne m'enrhume jamais, je ne râle pas quand les copines ont vidé le ballon d'eau chaude avant que j'aie pris ma douche – et un inconvénient – je suis rarement habillée comme tout le monde, je laisse les fenêtres ouvertes et, d'une façon générale, je me fais plus souvent remarquer que nécessaire.

Bon, il n'empêche que quand j'atteins le quatrième étage, j'ai chaud. Chaleur interne, d'accord, mais chaleur malgré tout.

Je prends le temps d'essuyer la sueur sur mon front, je cale le garou contre mon épaule et j'entre.

Je partage mon appart avec deux nanas rencontrées sur un site de recherche de colocs.

Laure, pétillante fille du Sud, prépare un master communication, option séduction de l'ensemble des étudiants de la fac, plus de quelques profs pour faire bonne mesure. C'est une tornade sur jambes, débordante d'humour et de gentillesse. Charmante et adorable Laure.

Lucile, Norvégienne débarquée en France quelque temps après moi, décrocherait facilement un job de top-model tant elle est canon mais ne se soucie que de ses études d'ethnologie. Plus réservée que Laure, elle parle peu, lit beaucoup, se passionne pour les minorités parisiennes – ethniques ou sociales – et affirme n'éprouver aucun intérêt pour les garçons, ce qui a pour effet de nous stupéfier Laure et moi. Belle et douce Lucile.

Laure et Lucile.

Je ne les connais pas depuis longtemps, mais elles me sont déjà très chères. Avec elles, j'ai l'impression d'être normale. J'oublie mon enfance pas terrible, mon adolescence pas terrible non plus, mes particularités physiques et mon appartenance à l'Association, je deviens presque l'étudiante que je prétends être. Presque.

C'est à elles que je pense en traversant le salon avec mon fardeau. Aucun risque que Laure se réveille, elle est partie rejoindre ses parents en Provence pour les fêtes de Noël.

Lucile, en revanche, a le sommeil très léger et je préférerais…

Le genou du garou heurte la table basse et le vase qui s'y trouvait se casse la figure. Il explose avec fracas en touchant le sol. Génial. Question discrétion, tu as encore assuré, Ombe !

Par bonheur, la porte de la chambre de Lucile reste close. Il n'est pas si tard, finalement, à peine deux heures du mat. Lucile a eu la bonne idée de s'absenter, ce qui m'épargne la difficile tâche de lui expliquer ce que je trafique, dégoulinante d'eau sale, avec un mec inconscient et aussi trempé que moi sur les épaules.

Après une brève hésitation, je tire le garou jusqu'à la salle de bain. Les lèvres de mon invité sont bleues, il tremble toujours et si je ne le réchauffe pas, le froid réussira là où les coups de Trulež ont échoué. J'ouvre à fond le robinet d'eau chaude, je le déshabille, ce qui est loin d'être aisé vu son état de prostration, puis je le fais basculer dans la baignoire. Je le laisse tremper un moment, le savonne, notant au passage qu'il est sacrément bien fichu, l'extirpe de la baignoire, le sèche et le porte jusqu'à ma chambre, non sans me demander pourquoi j'agis ainsi.

Euh… je chercherai la réponse plus tard, d'accord ?

La respiration du garou s'est apaisée. Étendu sur mon lit, les yeux clos, il ne tremble plus et sa peau, si elle reste pâle, a perdu son inquiétante lividité. Le produit que lui a injecté le sbire de Trulež – un sérum de vérité ? – n'a pas réussi à le terrasser et je croise les doigts pour que ses jours ne soient plus en danger.

Je profite de cette pause dans mon marathon de sauvetage pour le détailler.

Il est vraiment charmant, traits virils mais doux, cheveux noirs et drus, épaules larges, ventre plat, jeune, pas plus de vingt-cinq ans, pile poil le genre de type qui me…

On se calme, Ombe ! C'est un garou, tu ne le connais pas, tu n'as même pas entendu le son de sa voix. Rien ne t'affirme qu'il ne s'agit pas d'un psychopathe, d'un demeuré ou, plus simplement, d'un type sans le moindre intérêt.

D'accord.

N'empêche qu'il est charmant.

Les drôles d'idées qui me passent par la tête ont au moins le mérite d'attirer mon attention sur la puanteur qui imprègne mes vêtements et mes cheveux et je file sous la douche en réfléchissant à un moyen d'avertir l'Association.

Je pourrais sortir dans les rues du quartier à la recherche d'une cabine téléphonique en état de marche mais cette quête risque fort d'être longue et vaine. J'éprouve, en outre, quelques réticences à abandonner le garou seul dans l'appart.

L'idée d'utiliser la magie m'effleure à nouveau. M'effleure juste, et pas longtemps. Les sortilèges de contact à distance sont autrement plus complexes que ceux permettant de forcer une serrure. Hors de portée en ce qui me concerne.

Je trouve une solution alors que j'enfile un jean et un tee-shirt.

Nous possédons une connexion Internet haut débit et si Laure et moi ne nous en servons que pour surfer sur le Net, Lucile l'utilise avec Skype pour parler à sa famille restée en Norvège. Skype, un logiciel qui permet d'appeler partout dans le monde ou presque.

Reste un petit problème. Autant Laure, Lucile et moi passons d'agréables soirées communes dans le salon, autant nous partageons sans problème cuisine et salle de bain, autant nos chambres sont un endroit perso où les autres ne pénètrent que si elles y sont conviées.

Je n'hésite pas longtemps. C'est un cas de force majeure. Je ne crois pas que Lucile m'en voudra si j'entre sans autorisation sur son territoire.

Sa chambre pourrait ressembler à la mienne, plafond rampant, rayonnages couverts de bouquins, sauf que, différences importantes, elle est rangée, aucun sac de frappe n'est suspendu à la poutre et il serait vain d'y chercher le moindre album de heavy metal, Lucile n'écoute que de l'opéra !

Bon, je ne suis pas là pour critiquer ma copine mais pour utiliser son ordinateur. Il est allumé, chance, et l'emploi de Skype est d'une simplicité enfantine.

Je compose le numéro d'urgence de l'Association.

Alors que je suis censée tomber sur une boîte vocale, ce n'est pas une machine qui décroche à la deuxième sonnerie, c'est mademoiselle Rose en personne.

– Oui, Ombe. Que t'arrive-t-il ?

L'ordinateur de Lucile se serait transformé en barbe à papa géante que je n'aurais pas été plus surprise. Par les dents de Lucifer, comment mademoiselle Rose se débrouille-t-elle pour être toujours là quand je téléphone, y compris au milieu de la nuit ? Surtout, comment sait-elle que c'est moi qui appelle ?

Mademoiselle Rose est la secrétaire du bureau parisien et je suis persuadée, depuis la première fois que je l'ai vue, qu'elle n'est pas humaine. Pas totalement humaine. Cheveux gris attachés en chignon, lunettes cerclées de métal, tailleur gris impersonnel, elle fait tout son possible pour avoir l'apparence d'une austère secrétaire du siècle dernier mais je ne suis pas dupe. Cette femme, j'en suis certaine, mène une vie à rendre jaloux le plus intrépide des aventuriers. Quant à moi, elle m'inspire un étonnant mélange d'admiration et de frousse. Mélange d'autant plus étonnant que les gens que j'admire se comptent sur les doigts d'une main et ceux que je crains sur le pouce de l'autre.

– Je t'écoute, Ombe.

Mademoiselle Rose n'a pas besoin d'élever le ton pour obtenir ce qu'elle désire et même quelqu'un d'aussi réfractaire à l'autorité que moi ne ramène pas sa fraise devant elle.

En l'occurrence et puisqu'elle attend que je raconte, je raconte. L'entrepôt, les garous. Tout. Depuis le début.

Elle me laisse raconter sans m'interrompre avant de me poser une série de questions précises, d'une voix plus neutre que le Parlement suisse :

– As-tu entendu Truležž parler de drogue ou de vampires ? *Non.*

– Le garou que tu héberges est-il hors de danger ? *Je crois.*

– Truležž peut-il remonter jusqu'à toi ? *Non.*

– Quelqu'un t'a-t-il vue avec le garou ? *Non.*

– Y avait-il une odeur de soufre dans l'entrepôt ? *Non.*

Lorsque j'ai fini de répondre, mademoiselle Rose se racle discrètement la gorge.

– Bien. J'aurais préféré que Truležž et son clan n'apprennent pas que l'Association s'intéresse à leurs faits et gestes mais je suppose que tu n'avais pas d'autre moyen de sauver ta vie que montrer ta carte.

– Pas si je voulais éviter de les massacrer jusqu'au dernier…

Mademoiselle Rose ne feint même pas d'être amusée par ma boutade.

– Tu vas te débrouiller pour que le garou qui est chez toi reprenne connaissance très vite puis tu l'interrogeras de façon à en apprendre le plus possible sur les activités de Truležž. Il faudra ensuite qu'il quitte ton appartement. Nous t'attendons demain à la première heure pour un rapport complet.

– Mademoiselle Rose ?

– Oui, Ombe ?

– Comment voulez-vous que je l'aide à reprendre conscience ? Et comment savez-vous qu'il sera d'accord pour me parler de Trulež ?

– Trulež a tenté de le tuer. Cela devrait le rendre loquace.

– Et son inconscience ?

– Tu es en possession d'un nécessaire à magie, n'est-ce pas ?

– Oui mais…

– Alors sers-t'en.

Et elle raccroche.

8

Première réaction : colère. Rappeler mademoiselle Rose et lui dire ce que je pense d'elle, de ses manières et de...

Stop !

Deuxième réaction : prudence. Mademoiselle Rose n'est pas de celles à qui on balance leurs quatre vérités à la figure. Et réflexion : ce n'est pas sa faute si je suis une quiche en magie.

Je regagne ma chambre. Le garou est toujours étendu sur le dos et quand j'entreprends de le secouer par les épaules, il ne fait pas mine de commencer à entrouvrir une paupière. C'est pas gagné, là !

Bon, je ne risque rien à tenter la magie. Enfin, je ne risque rien... façon de parler. J'ai lu pas mal de choses sur les dégâts provoqués par une simple inversion de syllabes au cours d'une incantation ou par une bête erreur d'ingrédients dans une potion. Des dégâts sans commune mesure avec l'insignifiance de la méprise.

Lors d'un séminaire portant sur le rythme et la cadence des invocations élémentaires, le formateur a même évoqué l'exemple d'un magicien qui, ayant confondu *pingis*, de *pingere*, peindre, et *pinguis*, gras, a été retrouvé au sommet d'un arbre, à vingt mètres de son pentacle. En pièces détachées.

Sur le coup, j'ai été impressionnée mais ça n'a pas duré, soyons logiques, il n'y a pas d'arbre dans le coin et comme j'ai toujours aimé les sensations fortes...

Je soulève le lit pour le décoller du mur, saisis une craie et, en tirant la langue – non, ce n'est pas un geste magique, c'est juste que je m'applique – je trace un pentacle autour.

J'ouvre ensuite le pot de gros sel récupéré à la cuisine et j'en saupoudre la ligne que j'ai matérialisée. Je suppose que, gravé avec une lame en argent, mon travail aurait été plus performant, seulement je n'ai pas de lame en argent et aucune envie d'esquinter le plancher de ma chambre.

D'après ce que j'ai compris, le pentacle définit le lieu et les limites de l'acte magique qui va se dérouler. Il amplifie la puissance des arcanes qui s'y dévoilent et, surtout, protège le magicien des interférences extérieures. Une fois le pentacle tracé, il faut l'activer, ce qui ne relève plus de la géométrie mais de la magie et franchit les limites de l'impossible pour la plupart des gens.

Dont moi.

Il n'y a pas si longtemps, j'ai pourtant réussi à activer mon premier pentacle, ce qui m'a permis d'enchanter un bracelet qui m'a sauvé la vie quelques minutes plus tard. La fierté que j'en ai tiré n'a pas résisté aux commentaires de Walter et du Sphinx quand je leur ai rapporté mon exploit : « Gestuelle inappropriée, incantation déplorable, coup de chance, hasard… » De fins pédagogues ces deux-là ! Je les chasse de mon esprit et me concentre sur la suite des opérations.

Les éléments fondateurs. Terre, eau, air et feu.

Chacun d'eux doit tenir sa place autour du pentacle pour des questions d'énergies. Je pose un verre d'eau au nord, au sud une poignée de terre piquée dans le pot du ficus de Laure, et à l'ouest une bougie qui traînait dans le salon. Lors de ma première tentative, j'ai eu du mal à imaginer une façon de concrétiser l'air. Cette fois, je pense immédiatement au sèche-cheveux commun. Je le positionne à l'est. J'espère que le bruit du moteur n'interférera pas avec la magie que je vais déployer.

Et puisqu'on parle magie…

L'activation requiert une incantation. L'utilisation d'une langue antique est vivement conseillée mais si je parle l'anglais, l'italien, l'espagnol, le russe et le japonais je n'ai jamais été fichue de retenir une bribe d'araméen, de sumérien ou de medu neter. Quant au quenya, la langue première des elfes dont Jasper me rebat les oreilles à longueur de temps, ou le runique, ce n'est pas la peine d'y penser.

Cela dit, si le français a fonctionné quand j'en avais besoin contre Siyah, aucune raison qu'il ne fonctionne pas encore une fois. Surtout si j'utilise les mêmes mots. Je me concentre, tâchant de me remémorer la formule exacte que j'ai utilisée, une formule inspirée de mon expérience de motarde, je crois, puis je me lance :

– Parce que la sève du monde fait tourner la roue du temps, que le vent des ombres souffle sur l'esprit des feuilles et que l'eau de la vie abreuve la conscience des montagnes. Parce que le casque de la nuit défend celui qui conduit son existence, que les gants de la route sifflent et que les roues tournent. Accélération, inclinaison, protection.

Woufff !

Mon pentacle a chanté et le sel prend la prometteuse couleur de l'argent.

Jasper me l'a répété, la magie est une question de tournure d'esprit plus que de formules et la concentration du magicien prime le contenu de son livre de sorts. Bon, je ne suis pas certaine qu'il ait dit exactement ça, j'ai tendance à ne pas l'écouter quand il parle magie, quand il parle tout court d'ailleurs, mais l'idée y est.

Je fouille dans mon nécessaire jusqu'à trouver la poudre d'ambre. De tous les ingrédients, l'ambre est sans doute celui qui se prête au plus grand nombre d'usages et reste un des moins complexes à manier. Parmi ses vertus, je crois me souvenir que l'ambre permet de tisser des sortilèges visant à recouvrer sa vigueur.

J'attrape aussi un petit pot contenant un concentré de pulpe d'aloe vera, idéal pour déverrouiller les énergies et utilisé depuis la plus haute Antiquité dans les rituels de guérison.

Le reste est question d'intuition.

Je dispose une pincée d'ambre sur le torse du garou, à la hauteur du cœur, je trempe l'index et le majeur de ma main gauche dans l'onguent et du bout de ces deux doigts, je suis la ligne invisible du méridien elrondien, du front jusqu'au pelvis.

– Intentus velocitus vires récupéras in quietis desponas. Nunc !

Faute de manier l'elfique ou l'araméen, j'ai utilisé le latin, la langue la plus morte que je sache parler, parler étant, dans mon cas, un synonyme assez prétentieux de baragouiner.

J'aurais pu m'abstenir, le garou ne bouge pas. Pire, il me semble que sa respiration ralentit.

Je renouvelle mon incantation, en remplaçant vires par nervus, juste au cas où…

Aucun résultat.

Il faut croire que Walter et le Sphinx avaient raison. Le hasard seul est responsable de l'enchantement du bracelet qui m'a sauvé la vie face à Siyah ! Je suis décidément une véritable sous-douée de la magie. Une incapable. Je m'en doutais, en prendre conscience de façon aussi irréfutable fait exploser mon moral en mille morceaux.

T'es mignonne, Ombe, bien fichue, capable de démolir un type de quatorze manières différentes juste avec tes mains mais à part ça ? Tu sers à quoi dans la vie ?

Je pousse un soupir las, balance mon nécessaire à magie de l'autre côté de la pièce, pose la main sur la poitrine du garou pour descendre du lit, me fige...

Il a tressailli.

Un infime tressaillement à l'endroit exact où ma paume l'a touché.

Je me penche sur lui, l'observe avec attention. Il est toujours inconscient, sa respiration n'est plus qu'un souffle ténu. Pourtant, je suis certaine de ne pas avoir rêvé. Je pose à nouveau la main sur sa poitrine.

Tressaillement. Imperceptible mais tressaillement quand même. Je renouvelle l'expérience sur son épaule, son ventre, sa joue... Ça marche ! Là où je le touche, il réagit. Le temps que je le touche, certes, mais il réagit.

Comme si le contact de ma peau sur sa peau déclenchait une réaction chimique, comme si l'énergie qui pulse en moi entrait en lui, comme si...

Stop !

Arrête, Ombe ! Tu n'es pas une pro de la pensée mais une virtuose de l'action. Ne t'enterre pas dans une réflexion stérile. Ta force, ta vraie force, c'est ton corps, laisse-le s'exprimer.

J'arrache mon tee-shirt, enlève mon jean, les jette au sol. En tombant, ils effacent une partie du pentacle qui cesse de briller, mais cela n'a aucune importance. Je le sais. Je le sens.

Je m'allonge sur le garou.

Pas besoin d'incantation. La magie, je viens de le comprendre comme on comprend la lumière en sortant d'un tunnel, c'est l'énergie qui chante en moi et le seul vecteur dont j'ai besoin pour l'utiliser c'est mon corps.

Le garou est plus grand que moi, plus large. Je m'étire, m'enroule autour de lui, cherchant à ce que ma peau soit le plus possible en contact avec la sienne. Je niche ma figure dans son cou et je m'ouvre.

Je suis forte, souple, rapide, résistante, je possède des réflexes incroyables, je bouillonne de vie et d'énergie, je les lui offre.

Je sens, je vois presque, une vague brillante naître au creux de mon ventre et déferler sur lui.

Irrésistible.

Il sursaute. Ses muscles se tendent, il prend une immense bouffée d'air puis…

Il ouvre les yeux.

Waouh !

Du bleu à n'en plus finir. Profond à s'y noyer. Beau à s'y perdre. Lumineux à en devenir aveugle.

– Tu es… un ange ?

Sa voix est grave, un peu rauque, si totalement envoûtante qu'il me faut quelques secondes pour comprendre que la question s'adresse à moi.

– Non, je… je suis Ombe.

– Et moi Načelnik. Pourquoi me mens-tu ?

– Je ne te mens pas, je m'appelle…

– … Ombe et tu es un ange.

Il sourit, ses yeux brillent et, soudain, je réalise que je suis à moitié nue, allongée sur un garou beau comme un rêve qui, lui, est complètement nu.

Je réalise également que, hormis son prénom, j'ignore tout de lui.

Je réalise enfin qu'il a retrouvé, nos positions respectives m'ôtant la possibilité d'en douter, toute sa vigueur.

Son regard brûlant clame son envie de refermer ses bras sur moi, de m'embrasser, de me…

Réagis, Ombe.

L'action est ton domaine, le réflexe une seconde nature, bouge !

Načelnik n'a pas le temps de faire un geste, je le plaque sur le lit, l'immobilise d'une clef imparable…

… et j'écrase ma bouche sur la sienne.

Souvenir…

Mon premier véritable amoureux.

Celui avec lequel j'échange mon premier baiser sur la bouche.

Je ne suis pas bien vieille. Lui à peine davantage.

Il l'a voulu ce baiser, il l'a espéré, cherché, supplié et quand, un matin, nous nous retrouvons derrière le hangar, quand nos lèvres se…

Waouh !

Le lendemain, il m'évite, me fuit, se cache.

Nous ne nous embrasserons plus.

Je ne comprends pas. Ses yeux brillaient tellement quand nos lèvres se sont séparées.

9

J'ouvre les yeux.

10 h 30 m'annonce le réveil lumineux posé près de mon lit.

Je lui envoie une claque qui lui enlève l'envie de jouer au mariolle et je me retourne pour réveiller le type le plus formidable que j'aie eu l'occasion de rencontrer de ma vie.

Il a dormi trois heures. Ça devrait suffire, non ?

Apparemment non, vu les difficultés que j'éprouve à obtenir une réaction. J'ai beau le bousculer, le chatouiller, le pincer – pour plus de détails veuillez d'abord certifier que vous êtes majeur – il ne bouge pas.

Il dort, bras écartés, respiration ample et profonde, si paisible que mon envie qu'il ouvre les yeux cède la place au désir de le laisser profiter d'un repos mérité. Pendant ce temps, je l'observe en détail, même si la nuit agitée qui vient de se dérouler m'a donné l'occasion de l'examiner de près.

Il est vraiment canon. Musclé juste ce qu'il faut, j'entends par là large d'épaules, taille fine, abdos dessinés, fesses rondes, mais pas bodybuildé ou…

10 h 30 ?

Merde !

Le rendez-vous au bureau de l'Association !

Je saute du lit, enfile mes vêtements, mon blouson, me précipite à la salle de bain pour me passer de l'eau sur le visage, attrape mon casque – heureusement que j'en possède deux – et fonce vers la sortie. Au dernier moment je me ravise. Il serait judicieux d'appeler mademoiselle Rose pour désamorcer, un peu, la bombe qui m'explosera à la figure quand j'arriverai devant elle.

La porte de Lucile est entrouverte. Se pourrait-il qu'elle ne soit pas rentrée de la nuit ? De la part de la douce et sage Lucile, ce serait une première ! Plus probablement, elle est rentrée et ressortie, et vu euh… l'agitation qui régnait dans ma chambre, je ne l'ai pas entendue.

Son ordi est toujours allumé. Quand je touche la souris, son économiseur d'écran, une montre molle à la Dali, cède la place à son bureau. Je n'ai aucune intention de me montrer curieuse mais une icône dans un coin attire mon attention comme un aimant attire un morceau de fer.

C'est pourtant une icône banale, si banale que je ne l'ai pas remarquée cette nuit, une bête valise bleue figurant un dossier, même si le nom qui est écrit dessous est, lui, tout sauf banal.

C'est le mien.

Ombe.

Je clique. Le dossier demande un mot de passe pour s'ouvrir. J'essaie Lucile puis Norvège, Lulu, Paris, et même Traviata. En vain.

Zut, ce n'est pas bien ce que je fais pourtant ma curiosité est trop à vif pour que je résiste. J'attrape la clef USB qui traîne toujours dans la poche de mon blouson et j'y copie le dossier.

Puis je quitte l'appart en courant.

Je suis dans la rue lorsque je réalise que je n'ai pas appelé le bureau. Tant pis. Advienne que pourra.

La rue du Horla ne se situe pas dans le quartier où j'habite mais je l'atteins en un temps record. Je gare ma bécane devant le 13, un immeuble ventru et décrépit qui se dresse entre un chantier immobilier tournant au ralenti et un hôtel de passe. Discrétion assurée, amateurs de bon goût s'abstenir.

Les bureaux de l'Association se trouvent au deuxième étage, juste au-dessus de l'Amicale des joueuses de bingo – toujours pas cherché ce que c'est, le bingo, moi ! – et en-dessous d'un Club philatéliste fréquenté par une bande de jeunes… du siècle dernier.

La porte, une vilaine porte verte protégée, selon Jasper, par une batterie de sortilèges plus terribles les uns que les autres, s'ouvre avant que j'aie eu le temps de frapper.

Mauvais signe, ça !

J'entre.

Mademoiselle Rose, assise derrière son bureau, lève les yeux de son écran pour les fixer sur moi. Mauvais signe aussi. D'habitude, elle achève toujours ce qu'elle a commencé avant de s'occuper des visiteurs.

– Considères-tu que 11 heures du matin soit la première heure ? me demande-t-elle d'une voix où il serait vain de chercher une trace d'humour.

– Euh... je n'ai pas beaucoup dormi, je cherchais à faire reprendre conscience à Na... au garou, je n'y suis pas arrivée et je...

– Ombe ?

– Oui, mademoiselle Rose ?

– Que tu n'aies pas beaucoup dormi, je n'en doute pas. Le garou – Načelnik c'est ça ? – m'a paru en revanche parfaitement conscient.

– Vous... vous...

– Évidemment ! Ce matin, lorsque ton retard est sorti du cadre du raisonnable pour entrer dans celui du surprenant puis de l'inquiétant, j'ai averti Walter et nous avons utilisé un sort de vision à distance.

– Vous... vous...

– Oui. C'était ça ou envoyer une équipe d'intervention chez toi.

– Vous... vous...

– Rassure-toi, quand nous avons compris que tu n'étais pas en danger, nous nous sommes retirés. Tu veux bien faire ton rapport, maintenant ?

– Mon... rapport.

– Oui, ton rapport. Rapport dans le sens de témoignage. Tu étais censée obtenir de Načelnik les informations que tu n'as pas réussi à récupérer sur le terrain.

– Je… je… nous n'avons pas vraiment eu le temps de parler.

– Je comprends.

Est-ce que je rêve ou un sourire est-il en train de naître sur les lèvres de mademoiselle Rose ? Si c'est le cas, j'assiste à une grande première !

Une première grande et courte.

Le sourire de mademoiselle Rose disparaît avant d'avoir éclos.

Une illusion ?

– Walter t'attend dans son bureau.

Je réprime un soupir.

– Obligée ?

– Obligée. Walter tient à te fournir personnellement le complément de consignes dont tu sembles avoir besoin pour achever ta mission.

Je capitule. D'un pas lent, j'emprunte le couloir de gauche jusqu'à atteindre la porte de Walter. Elle est ouverte.

– Entre, Ombe.

Walter est le directeur de l'agence parisienne. Inutile d'imaginer un jeune cadre dynamique en costume Armani. Walter est vieux, cinquante ans au minimum, gros, chauve et, en guise de costume, il a le chic pour s'affubler de chemises plus affligeantes les unes que les autres qu'il assortit de cravates moches à vomir.

– Alors, Ombe, cette enquête chez les garous ? Intéressante ?

Il me semble déceler dans son intonation un je ne sais quoi d'ironique et de vaguement égrillard qui bascule sur-le-champ mon compte-tours personnel en zone rouge.

– Walter, vous avez violé ma vie privée. La seule chose qui me retient de ne pas tout casser ici, c'est que vous étiez apparemment animé de bonnes intentions. Sachez toutefois que si vous vous permettez la moindre remarque, la moindre allusion, je vous plaque, vous et l'Association, et vous n'entendrez plus jamais parler de moi.

Il a la finesse de ne pas sourire.

– Message reçu, Ombe. As-tu servi ce discours à Rose ? Nous étions ensemble pour jeter le sortilège de vision à distance.

Je hausse les épaules, façon comme une autre de ne pas répondre à la question. Parler ainsi à mademoiselle Rose ? Et puis quoi encore ?

Walter, diplomate, n'insiste pas. Il s'essuie le front avec la manche de sa hideuse chemise à carreaux verts et jaunes – il transpire beaucoup – puis ouvre un dossier sur son bureau afin de me signifier que le sujet est clos.

– Comme j'ai eu l'occasion de te l'expliquer la dernière fois que nous nous sommes vus, commence-t-il, la situation est inquiétante. Nous avons comptabilisé plus de problèmes avec les Anormaux ces trois derniers mois que durant les dix dernières années. Plus alarmant encore, le bureau international confirme que cette agitation ne se limite pas à la France, même si c'est le pays où elle reste le plus marquée. Or l'agitation est l'ennemie de la…

– … discrétion.

– De la discrétion. Exactement. Et ce n'est pas la peine d'arborer ce sourire railleur. Je commence à croire que les événements auxquels nous avons affaire, à première vue indépendants, sont en réalité liés. Comme si un groupe de personnes mal intentionnées s'évertuaient à allumer des incendies un peu partout puis, dès que possible, à verser de l'huile sur le feu.

Profitant d'une brève accalmie dans son déluge de paroles, j'ouvre la bouche pour lui annoncer que Siyah n'est pas aussi mort que je le croyais – le magicien fait à coup sûr partie des personnes mal intentionnées qu'il évoque – mais il ne m'en laisse pas le temps.

– C'est pour cette raison que tu dois tirer au clair cette histoire de garous associés à des vampires pour vendre de la drogue aux Anormaux.

– Je croyais qu'il s'agissait d'une histoire, justement. Inventée par un Agent doté de trop d'imagination.

– Non. Les dires de cet Agent ont été confirmés. La menace est réelle. Un trafic de drogue existe bel et bien et si nous n'intervenons pas au plus tôt, la situation risque fort de dégénérer.

– Intervenir ? Ma mission a changé ?

– Évolué. Utilise ton contact avec Načelnik pour découvrir ce qui se trame dans son clan. J'ai toujours pensé que Trulež n'était pas clair, pour un garou j'entends, et je ne serais pas étonné qu'il soit au cœur du problème. Tiens-nous au courant et, si tu en as la possibilité, débrouille-toi pour mettre fin au trafic.

Une mission d'information qui devient une mission d'action n'est pas pour me déplaire. J'adresse un grand sourire à Walter, mime un garde-à-vous.

– Compris, chef !

La boutade n'a pas l'effet escompté sur le chef en question qui se renfrogne.

– Et n'oublie pas, me lance-t-il en fronçant les sourcils, quoi que tu fasses, de la DIS-CRÉ-TION !

10

Je salue mademoiselle Rose et m'apprête à sortir lorsqu'elle me hèle.

– Ombe…

Malgré mon envie de rentrer au plus vite chez moi embrass… euh questionner Načelnik, je me retourne. L'air soucieux qui est peint sur son visage m'incite à m'approcher d'elle.

– Oui ?

– Sois prudente, d'accord ?

Je lui souris, touchée par cette inhabituelle prévenance.

– Ne vous inquiétez pas. Vous avez lu mon dossier, non ? Je suis… solide.

Elle secoue la tête.

– Ton corps est solide, Ombe, et ce n'est pas pour lui que je m'inquiète.

– Que voulez-vous dire ?

– S'il a l'apparence d'un séduisant jeune homme, Načelnik est un garou. Le considérer comme un humain serait une erreur.

– Je croyais que l'Association respectait toujours les Anormaux.

Piquée au vif, je n'ai pu m'empêcher d'élever le ton. Mademoiselle Rose ne paraît pas s'en offusquer.

– Respecter quelqu'un ne signifie pas le mettre dans son lit. Inutile de me lancer ce regard assassin, je n'ai aucune intention de t'asséner une leçon de morale. Tu es autonome, Ombe, et tu as de la ressource. Je te demande juste d'être prudente, d'accord ?

Je hoche la tête.

– D'accord.

Mademoiselle Rose n'en a toutefois pas fini.

– Avant de partir, descends à l'armurerie. Le Sphinx a quelque chose pour toi.

– Pour moi ? Ça m'étonnerait. J'ai autant besoin d'un équipement magique qu'un poisson rouge a besoin d'un baudrier d'escalade.

Esquisse de sourire.

Deux fois dans la journée ? La fin du monde serait-elle pour bientôt ?

– Ne discute pas et descends à l'armurerie.

Drôle comme mademoiselle Rose se reprend vite quand on envisage de la croire humaine.

Moins drôle que je sois incapable de l'envoyer balader quand elle me parle sur ce ton.

J'attends trois secondes, euh… deux secondes, avant d'obéir, de façon à ce qu'elle comprenne qu'elle ne m'impressionne pas le moins du monde, et j'emprunte le couloir de droite, direction le placard à balai qui se trouve à son extrémité.

Je tire sur l'anse du seau qui s'y morfond et, dès que la cabine de l'ascenseur secret apparaît, je me glisse à l'intérieur.

À l'intérieur de la cabine bien sûr, pas à l'intérieur du seau.

La descente dure deux bonnes minutes. Deux minutes d'angoisse tant les grincements de la cabine sont inquiétants et ses cahots terribles. Je n'ai jamais compris ce qui poussait une association aussi riche et puissante à faire des économies aussi ridicules. Et potentiellement dangereuses.

Lorsque j'atteins, enfin, le dernier niveau, celui de l'armurerie, je m'empresse de sortir de l'ascenseur par la porte entrebâillée – elle ne s'ouvre plus à fond depuis une éternité – je prends la première travée à droite et je me retrouve face au Sphinx.

C'est un homme à l'impressionnante carrure, sa taille moyenne mettant en valeur sa musculature, dure et noueuse, et l'épaisseur de son thorax. Des cheveux ras en brosse, un visage couturé de cicatrices, un regard bleu pâle dépourvu de sourcils, le Sphinx est un gladiateur ou, du moins, correspond parfaitement à l'image que j'ai des gladiateurs.

Son antre, l'armurerie, est une vaste salle transformée en labyrinthe par les hauts rayonnages métalliques qui s'y entrecroisent, rayonnages chargés de plantes, séchées ou en pots, de flacons colorés au contenu mystérieux et de boîtes de différentes tailles, la plupart gravées de runes.

Mais l'armurerie n'est pas une simple réserve à ingrédients, loin de là. D'autres étagères, en bois celles-là, croulent sous les inventions du Sphinx, des inventions plus ou moins magiques selon ses envies ou son inspiration. Des armes, bien sûr, blanches ou à feu, des détecteurs de midichloriens, des amplificateurs chamaniques, des sprays à l'ail, des balles en argent, des métronomes à disruption… Le Sphinx invente comme il respire. Toutes ses créations ne fonctionnent pas, certes, et nombre d'entre elles fonctionnent différemment de ce qu'il avait envisagé mais certaines sont vraiment extraordinaires.

Ce n'est pas fini. Une bonne partie de l'armurerie est transformée en complexe hôtelier pour papillons. Oui, pour papillons. Plus encore qu'un armurier, le Sphinx est en effet un lépidoptériste enragé, à la fois collectionneur, chercheur et éleveur. C'est d'ailleurs un papillon, le fameux sphinx à tête de mort, qui lui a donné son surnom et il n'est pas rare qu'il éteigne les lumières dans l'armurerie pour le plaisir de discuter avec un de ces gros nocturnes.

En me voyant, le Sphinx grommelle une onomatopée bougonne qui, pour lui, est le summum de la politesse.

– Moi aussi, Sphinx.

– Tu as besoin de refaire le plein d'ingrédients ?

– Non, j'envisage plutôt de faire le vide, si vous voyez ce que je veux dire.

– Des problèmes avec les incantations ? Avec les langues antiques ? Avec les tracés pentacliques ?

– Un problème avec la magie, tout simplement, et un gros ras-le-bol qui accompagne ce problème ! Mademoiselle Rose a laissé entendre que vous aviez quelque chose pour moi…

– Ouais.

Il s'éloigne de son pas de félin indolent.

– Tu ne touches à rien, d'accord ?

– Promis.

J'aime bien le Sphinx. Il y a quelques jours, nous nous sommes un peu allumés lui et moi, et Walter a dû intervenir pour que ça ne dégénère pas, mais c'est un type correct, qui inspire le respect et pas seulement à cause de son physique. Je me demande seulement s'il lui arrive de quitter l'immeuble de l'Association…

– Je t'avais demandé de ne toucher à rien !

– Caresser n'est pas toucher, Sphinx, et ce cadran est magnifique. Je le verrais bien sur ma bécane. Il sert à quoi ?

– En ce qui te concerne, à rien. Tiens.

Il me tend un objet métallique constitué de quatre anneaux soudés en ligne le long d'un cylindre brillant gravé de runes. Un poing américain version Gandalf le Gris.

– Euh… merci. À quoi doit me servir ce machin ?

– Ta mission actuelle te conduit à côtoyer les garous, non ?

Je scrute son visage à la recherche d'un indice prouvant qu'il évoque ma rencontre avec Načelnik.

En vain.

Soit il n'est au courant de rien, soit il est le roi des dissimulateurs. Je réfléchis une seconde et j'ajoute une éventualité : soit il se fiche de mes frasques comme de la première chemise de Walter.

Il prend mon silence pour un acquiescement et continue.

– Ce coup-de-poing est constitué d'un alliage titane-argent. Titane pour la dureté, argent parce que les garous…

– … développent une allergie foudroyante à ce métal, je sais. Je ne suis pas trop fan de ce type de joujou. Lors de mon dernier passage, vous m'avez montré un poignard fabriqué dans un alliage identique. Est-ce que…

– Un autre Agent l'a emporté.

– Un autre Agent bosse sur les garous ?

– Et te connaissant, poursuit le Sphinx comme si je n'avais rien dit, je pense qu'un poignard est une arme trop radicale pour qu'on te la confie sans risque.

– Trop radicale ?

– Ouais. Un garou se remettra toujours d'une beigne, même parfumée à l'argent, mais si on lui ouvre la gorge…

– Vous m'estimez incapable de me contrôler ?

– J'estime surtout essentiel de te rappeler que l'Association est là pour gérer les Anormaux, pas pour les massacrer.

– Sphinx, c'est de l'histoire ancienne !

– Trois jours ? Quatre ?

– D'accord, pas très ancienne mais les gobelins ne m'ont pas laissé le choix, c'était de la légitime défense.

– Je n'en doute pas et je considère que, pour ta défense, un coup-de-poing titane-argent est suffisant. Largement suffisant.

Difficile d'argumenter dans ces conditions. Je ravale mon irritation, fourre le coup-de-poing dans ma poche, salue le Sphinx et quitte l'armurerie.

Lorsque je passe devant elle, mademoiselle Rose me lance un « au revoir, Ombe » aussi chaleureux qu'un après-midi de novembre sous la pluie, sans daigner lever les yeux de son écran. Et dire que j'ai failli la croire humaine.

11

Après une traversée de Paris, euh... assez rapide et quatre étages grimpés au pas de course, je balance sac et casque sur le canapé du salon et me précipite dans ma chambre.

Načelnik dort toujours mais, cette fois, il est hors de question que je lui fiche la paix. Je suis un Agent de l'Association, je suis chargée d'une mission et j'ai l'intention de la conduire à bien.

Quoi qu'il m'en coûte.

Le temps d'ôter mes vêtements – une enquête peut être menée de façon agréable tout en restant efficace – et je me glisse sous la couette à ses côtés.

Il ouvre les yeux à mon premier baiser, me susurre un « Bonjour, ange » qui me fait fondre et referme ses bras sur moi.

Waouh !

Il est quatre heures de l'après-midi lorsque la réalité toque à la porte de ma conscience.

Je me dégage de l'enchevêtrement de bras et de jambes – nous ne sommes pourtant que deux – qui me retient captive et plante mes yeux dans ceux de Načelnik.

– J'ai faim !

Une heure et un plat de pâtes plus tard, alors que je m'apprête à aborder le sujet des garous et de la drogue, Načelnik me devance en posant la première question :

– Je sais qu'un ange n'a de comptes à rendre à personne mais par quel prodigieux hasard t'es-tu trouvée hier soir au bon moment et au bon endroit pour me sauver la vie ?

Je n'hésite pas longtemps avant de répondre. L'Association n'a pas pour habitude de dissimuler son existence aux Anormaux, au contraire. Son travail de gestion s'appuie sur une confiance réciproque, même si la gestion en question est parfois houleuse. Je n'ai, en outre, aucune envie de débuter ma relation avec Načelnik par un mensonge.

– J'appartiens à l'Association et je me trouvais dans cet entrepôt pour une enquête. J'étais là quand Trulež t'a fait jeter à l'eau. Alors je suis intervenue.

Les yeux bleu océan de Načelnik s'assombrissent.

– Tu sais donc que je suis...

– Un garou ? Oui. Je sais également que tu détiens des informations que désire Trulež, que tu as refusé de les lui donner et que c'est pour cette raison qu'il a choisi de t'éliminer.

La tension de Načelnik s'estompe. Comme si, soulagé que je connaisse sa véritable nature, il goûtait de façon plus profonde le plaisir de se trouver face à moi. Il sourit, ce qui a pour effet immédiat de m'injecter une dose d'adrénaline amoureuse dans les veines.

– Je suis un garou et tu n'as pas peur ?

– Non. Et toi ?

– Et moi quoi ?

– Tu n'as pas peur ?

– Peur ? De toi ?

– Ben… oui.

Il éclate de rire.

– Non, je n'ai pas peur. Je n'ai pas peur de grand-chose, tu sais.

– Alors on est deux.

– Oui. On est deux.

Émotion palpitante autour d'un silence en forme de déclaration. Qui a un jour prétendu que les coups de foudre n'existent que dans les films ? Mon interrogatoire, je le sens, est près de changer de forme lorsque Načelnik reprend la parole :

– Trulež est un garou avide de pouvoir et dépourvu d'honneur.

– C'est le chef de ton clan ?

– Oui. À la grande honte de tous les miens. Il a pourtant obtenu ce rang en combattant mais pas une seule fois depuis il ne s'en est montré digne. Ces derniers temps, il s'est même compromis avec des vampires.

– Trafic de drogue ?
– Comment le sais-tu ?
– C'est à ce sujet que j'enquêtais quand je suis tombée sur Trulež, sa bande et, par effet de ricochet, sur toi.
– Je ne t'ai sans doute pas assez remerciée de m'avoir sauvé la vie. La dernière chose dont je me souviens, c'est de cette maudite aiguille s'enfonçant dans ma veine et de la voix de Trulež exigeant que je lui donne le nom de mes complices.
– Tes complices ?
– Oui. Sachant que Trulež frayait avec des vampires, qui plus est pour fabriquer une drogue qui, à terme, causerait notre perte à tous, j'ai contacté des amis et nous avons décidé de le renverser. Sauf qu'il a eu vent de ce projet et a préféré ne pas courir le risque d'un affrontement rituel.
– En éliminant les opposants.
– C'est ça. M'éliminer lui aurait suffi puisque j'étais celui qui avait été choisi pour le combattre mais il voulait savoir qui était de mon côté afin de faire le ménage à plus grande échelle.
– Et la drogue ?
– Je n'en sais guère plus si ce n'est qu'un groupe de vampires mené par un certain Séverin s'est mis en tête de vendre une drogue désinhibante aux Anormaux. Tellement désinhibante qu'une fois sous son influence, ils n'ont plus aucune conscience de leur situation et se livrent à tous les excès. À court terme, notre existence risque d'être révélée, ce qui marquera notre fin. Pour

puissants que nous soyons, les humains sont trop nombreux pour que nous ayons une chance raisonnable de survivre hors de la clandestinité.

– Quel rôle joue ton clan dans ce trafic de drogue ?

– Cette drogue est fabriquée par des magiciens travaillant sous le contrôle de Séverin et de sa bande. Les garous sont chargés de la protection des installations et de la distribution. Chiens de garde et dealers. Quelle déchéance !

Il a serré les poings, cessant d'être séduisant pour devenir presque effrayant de colère contenue. Chez les garous, le pouvoir appartient au plus fort, charge à celui qui l'a conquis de s'en montrer digne. Les combats entre prétendants, je l'ai lu, sont violents, parfois mortels, mais un chef, un Alpha, ne peut en aucun cas se défiler s'il est provoqué.

– Tu comptes toujours défier Trulež ?

Je connais la réponse que va m'offrir Načelnik. Je la lis dans ses yeux, dans la crispation de ses mâchoires, dans l'envie de vengeance qui pulse en lui.

– C'est, hélas, impossible.

Tout faux, Ombe.

– Pourquoi ? Tu as peur de perdre ?

Glups. J'essaie de ravaler mes mots mais il est trop tard.

Les lèvres de Načelnik se retroussent sur des dents – des crocs ? – modèle « je te mords, tu meurs » tandis qu'un grondement sourd monte de sa poitrine. Chance pour moi, il parvient à se contrôler.

– Je n'ai pas peur de ce chacal !

Il a martelé chaque syllabe.

Inutile d'avoir fait des études supérieures pour comprendre que chacal, dans la bouche d'un garou, est la pire des insultes.

– C'est quoi alors le problème ?

– Les problèmes.

– D'accord. C'est quoi les problèmes ?

Načelnik prend une profonde inspiration et ses dents retrouvent des dimensions raisonnables. Il me fixe de son regard intense.

– Le premier problème, le plus important, c'est que Trulež a un second, Lakej. Du coup, nos lois m'obligent à avoir, moi aussi, un second qui affrontera Lakej avant que je puisse massacrer Trulež.

– C'est un problème, ça ?

– Oui. Lakej est un monstre, un tueur, même selon les normes des garous. Aucun de mes amis n'est de taille à l'affronter. Moi seul en suis capable et je n'en ai pas le droit, pas si je veux m'occuper de Trulež.

– Je vois. Et le second problème ?

– Un prétendant au titre de chef doit prouver qu'il contribuera au bien-être matériel du clan en acquittant un droit au combat.

– Un droit au combat ?

– De l'argent qui servira à aider les familles de garous dans le besoin. Une somme importante.

– Combien ?

– Chaque prétendant l'évalue à sa guise mais, en dessous de cinquante mille euros, il perd toute crédibilité et a de fortes chances d'être réduit en charpie par son clan avant même d'avoir combattu.

Je m'autorise un sourire.

– J'adore la délicatesse des us et coutumes garous...

Puis je me penche vers Načelnik et plante mes yeux dans les siens.

– Et si je trouvais une solution à tes deux problèmes ?

12

Il fait nuit quand nous quittons mon appart pour gagner le lieu que Načelnik appelle la Friche et qui est le quartier général de son clan.

La rue Muad'Dib n'est ni la rue de la Paix ni les Champs-Élysées et aucune guirlande lumineuse n'a été tendue d'un immeuble à l'autre. Pourtant, pour la première fois depuis une éternité, j'ai le cœur en fête, même si la fête en question n'est pas Noël. Toutes les roues tournent, Ombe, et celle de ta vie amorce une vraie jolie rotation.

Pendant que je vais chercher ma bécane, Načelnik prend la première à droite, direction le marchand de cycles du boulevard de Fombelle. Nous avons pas mal de trajet à faire à moto et il a besoin d'un casque pour qu'on puisse rouler tranquilles. Alors que je le regarde s'éloigner puis disparaître, je sens une drôle de fleur s'épanouir dans mon ventre. Douce, colorée, odorante…

Waouh !

Je me secoue. Au boulot, Ombe. Tu cueilleras les fleurs plus tard.

Le boulevard de Fombelle est à sens unique, ce qui m'oblige à effectuer un détour conséquent avant d'arrêter ma bécane sur le pont qui surplombe les rails du métro, à une dizaine de mètres du magasin où Načelnik est en train de payer son casque.

Je coupe le contact et, tandis que mes fesses restent sur la selle, mon esprit s'envole. Ce que j'éprouve dans les bras de Načelnik va très au-delà d'une simple plénitude physique. Nous nous emboîtons à la perfection, et je ne parle pas uniquement de cette évidence des corps qui me fait suffoquer quand il me touche. C'est plus que ça. Bien plus. Le sentiment – la certitude ? – que c'est lui.

Juste ça.

C'est lui.

J'ai envie de crier que je suis heureuse, que la vie est belle, que…

J'ai crié pour de bon ? Un type s'arrête devant moi pour me dévisager.

Jeune, plutôt mignon, vêtements de motard, sa silhouette et son visage me soufflent qu'on se connaît mais, malgré mes efforts, je ne parviens pas à l'identifier.

– Est-ce que je…

Le type sourit, plonge la main dans sa poche et, toujours souriant, en sort un pistolet, une arme monstrueuse du genre Taser, qu'il braque sur ma poitrine.

Merde !

Le type qui m'a coursée à moto il y a trois jours sur le périphérique ! Le fou à qui je n'ai échappé que par miracle. Je ne sais ni qui il est ni ce qu'il me veut mais il m'a retrouvée et, assise stupidement sur ma moto, je suis coincée. S'il tire, je…

Il tire.

Aucune chance de me rater.

Sauf qu'à l'ultime seconde une silhouette massive s'interpose entre lui et moi.

Entre la bouche du Taser et mon cœur.

Način elnik !

– Non !!!

Mon hurlement ne parvient pas à masquer le chuintement du Taser. Un flux de cette étrange et meurtrière énergie qui a failli me griller déjà une fois nimbe soudain le torse et la tête de Način elnik. Un filament résiduel se glisse sous son bras et frôle le mien.

J'ai l'impression d'être plongée dans un bain d'huile bouillante, l'impression que ma peau est arrachée, mes muscles déchiquetés, mes nerfs tailladés. Ce n'est qu'un infime frôlement et j'ai l'impression de mourir.

Način elnik…

Način elnik…

Način elnik, lui, ne bronche pas.

Pas plus gêné que s'il avait été arrosé avec un pistolet à eau.

Il ne bronche pas mais il bouge.

Vite et fort.

Son poing percute le type au Taser sous le menton. Si violent que mon agresseur transformé en pantin désarticulé bascule par-dessus la rambarde pour s'écraser sur les rails du métro cinq mètres plus bas.

– Tu n'es pas blessé ?

Je peine à respirer et ma voix chevrote comme celle d'une grand-mère. Načelnik me lance un coup d'œil surpris.

– Blessé ? Non. Moins que lui en tout cas.

Alors que la souffrance qui a paralysé mon corps s'estompe lentement, je jette un regard sur la voie. Si j'en crois son état – plutôt abîmé – et sa position – plutôt désorganisée – ce fou furieux ne tirera plus jamais sur les gens.

L'action a duré trois secondes. Personne ne lui a prêté d'attention.

Si.

Un vieux bonhomme de l'autre côté de la rue.

Il n'ose pas intervenir mais il a tout vu. Dans un instant, il va…

– On se casse ! jette Načelnik. Tu peux piloter ?

J'acquiesce et, pendant que je lance le moteur de ma Kawa, il s'assoit derrière moi. En moins de temps qu'il en faut pour l'écrire, nous disparaissons.

Je roule un bon moment en tentant d'offrir un sens à ce qui s'est produit. Je n'y arrive pas. Je finis par m'arrêter près d'un immeuble en construction. La Friche n'est plus très loin et j'ai besoin d'avoir l'esprit libre quand nous l'atteindrons.

– Tu es certain de ne pas être blessé ?

Drôle que ce soit la première chose que je pense à demander.

Načelnik doit sentir l'émotion qui menace de m'emporter maintenant que le danger est passé parce qu'il referme ses bras sur moi.

– Promis, m'assure-t-il. Tu connaissais ce chacal ?

– Non. Enfin, oui.

– Oui ou non ?

En quelques mots, je lui raconte ma rencontre avec le motard qui a tenté de me tuer trois jours plus tôt avant d'exprimer ce qui me tracasse le plus.

– Je ne comprends pas pourquoi tu n'as rien senti quand il a tiré. L'énergie, l'onde ou le je ne sais trop quoi qui est sorti de son flingue m'a à peine effleurée et j'ai cru que je m'évanouissais de douleur.

Načelnik hausse les épaules.

– C'est peut-être un truc sans effet sur les garous.

– Peut-être.

– En tout cas, ce gars sentait la satisfaction du travail accompli.

– Il sentait quoi ?

– La satisfaction du travail accompli. Nous, les garous, possédons un odorat très développé qui ne se limite pas à percevoir les odeurs auxquelles vous, les humains, êtes limités. Ce chacal était convaincu d'agir pour la bonne cause en te liquidant.

– Vous êtes vraiment capables de sentir des choses comme ça ?

– Oui. L'odorat est un sens primordial pour nous. Plus encore que la vue.

– C'est génial.

Le regard de Načelnik s'assombrit.

– Oui. Sauf que, parfois, c'est… terrible.

Alors que je m'apprête à lui demander des précisions sur ce qu'il entend par terrible, il me ferme la bouche d'un baiser sauvage. Lorsque, un long moment plus tard, nos lèvres se séparent, il a les yeux qui brillent et moi le ventre qui vibre.

Waouh !

– Voilà ce que je te propose, dit-il en me caressant la joue. Ce soir, nous nous occupons de Truležž et dès demain je mets tout mon clan sur ton type au Taser. Ce serait étonnant que nous ne découvrions rien. Ça te va ?

– Ça me va.

Un dernier baiser et nous reprenons la route.

Tiens-toi bien, Truležž, on arrive.

13

La Friche est une ancienne usine aménagée en salle de concert underground, en bar pour noctambules déjantés et, accessoirement, en lieu de rendez-vous pour les trafics louches de la capitale.

Je m'y suis déjà rendue trois ou quatre fois pour écouter des groupes de heavy metal, certes peu connus mais qui, en terme d'énergie et de nombre de watts développés, n'ont rien à envier aux plus grands. J'ignorais en revanche que la Friche était le fief du clan de Načelnik.

Quand je pense que je suis sans doute passée à côté d'une dizaine de garous sans deviner une seconde leur nature, je ne suis pas très fière. J'ai pourtant lu une bonne partie de ce qui a été écrit à leur sujet et j'estimais jusqu'à aujourd'hui être, sans doute pas une experte, mais au moins une spécialiste.

Tout faux, Ombe.

Je me gare devant l'entrée principale, un portail métallique dans une ruelle sombre, près de laquelle discutent cinq types franchement suspects, une collection ambulante de sales gueules et de crasse. Avec un remarquable ensemble, ils pivotent pour jauger la carrosserie de ma bécane… et la mienne.

Un sifflement gras résonne suivi d'une série de remarques subtiles que je m'efforce de ne pas entendre. Quelques mots arrivent néanmoins à mes oreilles, avec pour effet immédiat de faire bondir mon taux d'adrénaline.

Je me tourne vers Načelnik qui est en train d'enlever son casque.

– Si j'en affiche un contre le mur et que j'en enroule un autre autour de ce poteau, tu crois qu'ils seront d'accord pour surveiller ma Kawa ?

– Ta moto ne risque rien, me répond Načelnik en haussant la voix de façon à être entendu des cinq types. N'est-ce pas les gars ?

Je m'attendais à une vague d'injures colorées suivie d'un échange de baffes en guise d'échauffement à ce qui nous attend, c'est un geyser de flagorneries puantes qui s'élève en réponse à sa question.

– Non, bien sûr, Nač.

– Non, Nač, elle risque rien, la moto de ta copine.

– Nous, tu sais, on bouge pas d'ici, alors on la surveille volontiers.

– Désolé, Nač, on t'avait pas reconnu.

– Compte sur nous, Nač.

– Bonne soirée, Nač…

Après ça, difficile de douter que la Friche appartient aux garous et que, parmi ces garous, Načelnik est de ceux qui comptent. Les cinq types s'écartent pour nous laisser le passage. C'est drôle, je n'avais pas remarqué à quel point ils étaient pâles.

De l'autre côté du portail, une cour décorée façon hard trash avec une carcasse de bagnole éventrée, une pile de moteurs usagés, des tonneaux rouillés dégorgeant des flots de cannettes vides, des murs tagués de haut en bas et, au sol, un tapis de mégots si épais qu'en récupérant les miettes de tabac on ferait fumer la Chine pendant dix ans.

Le genre de lieu que je fréquente volontiers. Tant que j'ai la possibilité de ne pas y rester.

Même chose pour la faune installée dans la cour. Des trognes patibulaires, des regards variant du torve au franchement provocant, des cheveux longs ou des crânes rasés, beaucoup de cuir, de piercings, de tatouages… La faune de base qui fréquente les endroits comme la Friche.

J'aime bien.

Tant que je ne suis pas obligée de vivre avec.

Un type, qui doit compter plus d'armoires normandes que de prix Nobel dans son arbre généalogique, nous ouvre la porte après avoir salué Načelnik d'un : « Ça arrache, Nač ? » d'une impressionnante voix de baryton.

Une vague de décibels déchaînés déferle sur nous, dialogue dément d'une guitare survoltée et d'une basse dopée aux amphétamines. Je reconnais immédiatement *For Whom the Bell Tolls* même si les hardeux qui se produisent sur la scène de la Friche n'ont pas le niveau de Metallica. Loin de là.

À l'intérieur ça grouille, ça hurle, ça gesticule, ça danse, ça boit, ça braille, ça saute, ça vocifère, ça fume, dans l'explosion lumineuse d'une rampe de projecteurs pris de folie et le cataclysme sonore dispensé par les enceintes géantes positionnées devant la scène.

Génial ! Je m'attarderais volontiers mais Načelnik m'a saisi la main et m'entraîne derrière lui, fendant la cohue trépidante avec l'efficacité et l'absence d'émotion d'un brise-glace.

Une deuxième porte, du genre porte de coffre-fort suisse. Elle est gardée par deux colosses que j'identifie au premier coup d'œil : garous ! Ils toisent Načelnik sans aménité.

– Qu'est-ce que tu fous ici ? crache l'un d'eux.

– Je suis venu arracher la tête de Trulež.

Dialogue limite simpliste qui a le mérite d'être clair. Les garous s'écartent.

Au moment où Načelnik pousse la porte, un des deux colosses pose la main sur son épaule. Je me tends, prête à la bagarre, mais le garou se contente de fixer Načelnik droit dans les yeux.

– Bonne chance, lui murmure-t-il. T'as trouvé un second d'accord pour s'occuper de Lakej ?

– Ouais.

– Qui ?

Silence de Načelnik.

– Tu ne veux pas me le dire ?

– Non.

– Normal. J'espère juste pour toi qu'il est costaud. Lakej est un tueur.

– Lakej a les mêmes chances face à mon second que Trulež face à moi. Aucune !

Le garou hoche la tête.

– Puisse Vuk t'entendre.

Un long couloir tapissé de toile noire et éclairé par de minuscules spots encastrés au plafond nous conduit jusqu'à une vaste salle, sans doute un ancien entrepôt, aménagée avec goût et sobriété.

De profonds canapés de cuir noir, un écran plat high-tech, un bar en acier dépoli, un bassin rectangulaire où nagent de grosses carpes indolentes, des appareils de musculation futuristes dissimulés derrière un paravent en bambou tressé, aux murs des miroirs, une immense toile représentant un lever de pleine lune sur une campagne enneigée, et dans un coin… un ring.

Aucun écho du concert qui se joue à côté ne filtre et nos pas résonnent suffisamment pour que les trois garous installés sur un des canapés se lèvent d'un bond.

– Qu'est-ce que tu fous ici ? crache l'un d'eux.

La question doit être rituelle chez les garous. Peut-être une formule de politesse.

– Défi ! répond Načelnik, montrant ainsi qu'il sait renouveler ses réponses.

– Défi ? ricane le garou. Suicide, tu veux dire. T'as eu de la chance, l'autre nuit, pourquoi t'en profites pas pour te barrer à l'autre bout du monde ?

Je le reconnais celui-là. Il appartenait à la bande que j'ai eu le bonheur de croiser dans l'entrepôt près des quais de Seine. Sans doute un proche de Trulež.

– Tu veux un conseil ? poursuit-il. Tu...

– ... fermes ta grande gueule et tu vas chercher ce chacal de Trulež, le coupe Načelnik.

L'autre hésite un bref instant puis il hausse les épaules.

– Comme tu voudras, lance-t-il en quittant la salle.

Nous n'avons pas à attendre longtemps. Un bruit de voix s'élève, la porte s'ouvre à la volée et Trulež, un rictus plein de morgue sur le visage, se plante devant nous. Il n'est pas seul. Une dizaine de garous, non, une vingtaine de garous, non, une trentaine...

La salle est pleine de garous. Des hommes et des femmes. Pourquoi me suis-je imaginé qu'il n'y avait pas de femmes parmi eux ? Il y en a. Au moins autant que d'hommes. Belles, athlétiques, sauvages, à l'image de leurs alter ego masculins.

Un cercle se dessine autour de nous. Hermétique. J'espère que Načelnik n'a pas surestimé le sens de l'honneur de son peuple sinon nous sommes mal barrés.

– Tiens, tiens, raille Trulež. Un revenant.

Puis ses yeux se posent sur moi.

– Et la dinde de l'Association. Je t'avais pourtant conseillé de ne plus jamais croiser ma route !

La dinde de l'Association ?

Je serre les dents et les poings, prise par une furieuse envie de le transformer en steak haché. Le genre d'envie que j'ai toujours beaucoup de mal à réfréner. Trulež semble me considérer comme partie négligeable. Il se détourne de moi avant que je commette l'irrémédiable, pour se focaliser sur Načelnik.

– Tu sais que tu n'es pas le bienvenu ici, grogne-t-il.

– Ici c'est chez moi, rétorque Načelnik.

– Chez toi ? Tu oublies que je t'ai banni.

– Tu ne m'as pas banni, tu as tenté de m'assassiner parce que le chacal puant que tu es crève de trouille de m'affronter à la loyale. C'est différent.

Les lèvres de Trulež se retroussent sur des crocs impressionnants, il fléchit les genoux, bombe le torse...

Chacal puant. L'insulte a touché juste.

– Tu ne mérites pas le rang d'Alpha, déclare Načelnik sans se démonter. Je te défie !

Une série d'exclamations s'élèvent en réaction à sa tirade, exclamations qui se transforment très vite en brouhaha puis en...

– Vos gueules ! hurle Trulež.

Le silence retombe. Immédiat.

– Tu me défies ? As-tu réfléchi à…

– Le défi est lancé, le coupe Načelnik. Cesse de discuter comme une fillette apeurée et réglons ça sur le ring.

Un rictus torve tord la bouche de Trulež.

– As-tu oublié les règles, Načelnik ? Où est l'argent que le prétendant doit offrir au clan pour prouver sa valeur ?

Načelnik émet un reniflement dédaigneux et tend le bras vers moi, sans me regarder. Nous avons planifié cet instant ensemble, toutefois, même préparé, le geste a le don de me hérisser le poil.

Du calme, Ombe. Ne va pas tout faire foirer maintenant.

Je réprime mon irritation, attrape mon sac et en tire la mallette récupérée quelques jours plus tôt sur le cadavre, euh… le prétendu cadavre de Siyah, le magicien avec qui j'ai eu des démêlés. Elle contenait une fort jolie somme d'argent, trois cent cinquante mille euros, qu'une société peu recommandable, la Leroy & Hern, avait prévu de verser à Siyah en échange de ses services occultes. Un Agent plus docile que moi aurait apporté la mallette à Walter mais comme l'Association n'avait pas connaissance de l'existence de cet argent et qu'elle est plus que riche, j'ai préféré le conserver en attendant de lui trouver une utilité.

Trulež s'empare de la mallette, l'ouvre, se fige tandis qu'un murmure surpris flotte sur l'assemblée. Il y a visiblement assez d'argent pour que Trulež n'ait pas la possibilité de tergiverser.

– Alors, chacal, crache Načelnik, tu te décides à me suivre sur le ring ?

Occuper le poste de Trulež exige de réagir à n'importe quelle situation en une fraction de seconde. Loin de marquer une quelconque hésitation, il éclate de rire.

– Je te ferais bouffer tes entrailles avec joie mais il se trouve que je suis l'Alpha du clan et qu'il m'appartient de veiller au respect des règles. Pour que le prétendant obtienne le droit d'affronter le chef, son second doit d'abord s'imposer. As-tu un second, Načelnik ?

– Ouais.

Trulež jette un regard ironique autour de lui.

– Et où se cache-t-il, ce courageux candidat au suicide ?

– Il ne se cache pas. Ou plutôt elle ne se cache pas. C'est Ombe. Elle est là, devant toi.

J'ai eu du mal à persuader Načelnik que je pouvais jouer le rôle de son second. Pour tout dire, il a fallu que je lui fasse une… démonstration de mes… talents afin de le convaincre et j'ai conscience de ne pas avoir totalement réussi. S'il s'efforce d'offrir l'image d'un type sûr de lui, je sais qu'il doute de moi.

– Ils ne te prendront pas au sérieux, m'a-t-il lancé, ultime argument avant capitulation.

– Tant pis pour eux, ai-je rétorqué. Je sais ce que je vaux.

Bon. Savoir ce que je vaux n'implique pas aimer qu'on se fiche de moi et je suis prête à répliquer aux railleries qui ne manqueront pas de fuser.

J'attends.

L'explosion de rires que je craignais ne vient pas.

Trulež m'observe avec attention, cherchant à déceler le piège.

– C'est une humaine, lâche-t-il finalement. Elle sent bizarre mais c'est une humaine.

– Aucune règle ne stipule que le second du prétendant doit être un garou, rétorque Načelnik. Tu n'en as pas marre de te défiler ?

Quelques voix s'élèvent, assez fortes pour que Trulež comprenne que la contestation de ma légitimité est une impasse.

– Très bien, déclare-t-il avant de se tourner vers le fond de la salle.

Il place ses mains en porte-voix et hurle :

– Lakej !

Prévenance ou prudence, la foule des garous s'écarte pour libérer un passage devant moi.

La porte s'ouvre.

Lakej entre.

Glups…

Souvenir…

– Ombe ?

– Quoi ?

– Ce n'est plus possible ! On dirait que tu as le diable en toi !

– N'importe quoi ! Si j'avais le diable en moi, je lui aurais pété la gueule à ce type, alors qu'il m'a rouée de coups sans que je puisse réagir.

– Il a vingt-cinq ans, toi quatorze. Huit ans de karaté derrière lui, alors que tu as débuté le mois dernier…

– M'en fous ! La prochaine fois je lui péterai la gueule !

– C'est pour ça que je pense que tu as le diable en toi. J'enseigne depuis… longtemps. Je n'ai jamais vu ça. Il aurait fallu qu'il te tue pour que tu renonces.

– Non.

– Quoi non ?

– Me tuer n'aurait pas suffi.

14

Si Lakej avait été acteur, Schwarzenegger n'aurait pas obtenu le rôle principal dans *Terminator* !

Ce garou est un monstre.

Deux mètres vingt au bas mot pour cent cinquante kilos au moins. Cent cinquante kilos de muscles si on ne tient pas compte des quelques grammes de cervelle nécessaires pour faire tourner la machine.

Erglug mis à part, je n'ai jamais vu quelqu'un d'aussi balèze, mais plus encore que son physique, c'est sa façon de bouger qui est impressionnante. À mi-chemin entre le char d'assaut et l'élastique géant. Si, si, c'est possible !

Un monstre.

Un monstre qui avance droit – les notions de virage ou d'évitement lui sont apparemment étrangères –, repoussant les garous sur son passage comme s'ils étaient des rêves de nourrissons.

Il se plante devant nous.

Du coin de l'œil, je vois Načelnik pâlir. À cet instant précis, je sais ce qu'il pense, je sais la peur qu'il éprouve pour moi et les terribles remords qui l'assaillent.

Je sais que les doutes qu'il éprouvait sur ma capacité à me tirer vivante de ce traquenard sont devenus des certitudes ancrées dans les muscles de Lakej.

Je sais que son code de l'honneur lui hurle de défier Lakej à ma place pour me sauver la vie, même si, en agissant ainsi, il perd la possibilité de devenir l'Alpha du clan.

Je sais et j'agis.

J'avance d'un pas.

Par les orteils de Lucifer, ce type est grand ! Je dois monter sur la pointe des pieds pour lui tapoter la joue.

– Alors, mon gros, ça baigne ?

Cinquante ou soixante garous qui, à la même seconde, retiennent leur souffle, ça fait un sacré vacarme.

En forme de silence absolu.

Du coup, le grondement qui s'élève de la poitrine de Lakej prend l'intensité d'un tremblement de terre de niveau 8 sur une échelle qui en compte 7. Ses épaules s'élargissent de dix centimètres, son thorax se gonfle et un duvet de mauvais augure apparaît sur ses joues.

– Pas très malin de le provoquer, raille Trulež, une pointe de jubilation dans la voix. Les combats rituels ne sont pas forcément mortels.

– Ombe… commence Načelnik en posant une main sur mon épaule.

Tiens, je n'aurais pas pensé qu'un geste de Načelnik m'énerverait. Je m'empresse de lui couper la parole.

– Plus tard, d'accord ? Là, j'ai un truc à régler.

Puis je reporte mon attention sur Lakej.

– On y va, mon gros, ou tu veux d'abord dire adieu à ta maman ?

Ouh là ! Ce n'est plus du duvet qu'il a sur les joues, le tueur de Trulež, mais une fourrure sombre qui dissimule mal ses mâchoires prognathes et pas du tout les crocs acérés qui pointent hors de sa bouche. On pourrait dire gueule, tant son visage ressemble désormais à celui d'une bête.

Au point où j'en suis, je ne perds rien à en remettre une couche. Avec un peu de chance, il sera si énervé qu'il en perdra ses moyens. On peut toujours rêver, non ?

– Ça se passe sur le ring ou dans ta niche ?

– Tu pues ! crache Lakej en serrant les étaux qui lui servent de poings. Tu pues et je vais te bouffer !

– Si tu bouffes tout ce qui pue, ça ne m'étonne pas que tu aies la tronche d'une poubelle, mon gros.

Là, je sens que si j'ajoute un mot, il explose.

Ou plutôt il m'explose.

Je lui offre mon sourire le plus charmant, adresse un clin d'œil rassurant à Načelnik et, d'un pas tranquille, me dirige vers le ring.

Je crève de trouille.

Le ring, surélevé d'un mètre par rapport au sol, est un carré de cinq mètres de côté délimité par trois rangées de cordes.

Non.

Frisson.

Par trois rangées de fil de fer barbelé.

Il est trop tard pour partir en courant et vain d'espérer me réveiller au fond de mon lit.

Je me glisse à plat ventre sous le fil du bas, notant que les pointes qui le décorent, longues et acérées, suffiraient à éventrer un mammouth. Je me redresse juste à temps pour voir Lakej empoigner le fil du haut à pleine main et bondir par-dessus.

S'il atterrit en souplesse, le plancher du ring lâche néanmoins une plainte sourde avant de trépider avec frénésie lorsqu'il se rue sur moi. Le combat a commencé. Pas de règles, pas d'arbitre. Violence et survie.

Ça me va.

Lakej a achevé de se métamorphoser. Et dire que je le trouvais impressionnant quand il est entré dans la salle. Ce n'était rien par rapport au monstre qu'il est devenu.

Deux mètres cinquante, du muscle partout, des crocs, des griffes, une lueur rouge dans les prunelles, de la hargne, de…

Je plonge au sol en enfonçant la main dans la poche de mon blouson, simultanéité qui, soit dit en passant, est loin d'être évidente. Les bras de Lakej se referment dans le vide. De justesse.

Roulé-boulé, je me relève, passe le cadeau du Sphinx à la main droite, décide de…

Le coup de Lakej me cueille au creux de l'estomac. Ses griffes déchiquettent mon blouson de cuir et, incassable ou pas, je les sens ouvrir quatre entailles brûlantes dans mon ventre. La douleur fuse. Terrible. Sous l'impact, je traverse le ring en vol plané, atterris dans les « cordes ». Nouveau zigzag de feu. Dans le dos.

J'ai beau savoir que ma particularité physique m'a sans doute évité le pire, j'ai mal. Je glisse sur le plancher. Les mains de Lakej se referment sur mes épaules, si puissantes que j'ai l'impression qu'elles vont les réduire en miettes.

Il me soulève comme si je ne pesais rien jusqu'à amener mon visage devant sa gueule béante. Ses crocs brillent. S'il referme ses mâchoires sur mon cou, je suis morte.

Aucune envie de mourir. Je cogne.

Du poing droit et de toutes mes forces.

En pleine poire.

Le résultat dépasse mes plus folles espérances.

D'abord parce que Lakej, confiant jusqu'à la stupidité dans sa supériorité physique, n'a pas envisagé une seconde qu'une simple humaine puisse frapper aussi fort. Ensuite parce que le joujou du Sphinx assume son rôle à la perfection.

Lakej pousse un grognement sourd, me lâche, titube en arrière, crache deux crocs – bonne surprise, ça, j'ai senti l'os de sa pommette se fracturer, pas ses dents – passe une main tremblante sur son faciès bestial.

Les garous développent une allergie virulente à l'argent. Le plus léger contact avec ce métal provoque chez eux de vives réactions cutanées allant de l'érythème grave à la brûlure au troisième degré. Or ce que j'ai envoyé à Lakej est tout sauf un léger contact.

La moitié droite de son visage est transformée en flaque purulente. Une transformation déplaisante, si j'en crois le rugissement qu'il pousse en levant son museau au ciel. J'en oublierais presque la douleur qui pulse dans mon ventre et dans mon dos.

Je n'ai pas le temps de profiter de mon avantage, Lakej est défiguré, mais il n'a perdu ni sa vigueur ni sa pugnacité. Son hurlement de souffrance se mue en cri de guerre et il se précipite sur moi.

Plutôt que d'éviter la charge – l'exiguïté du ring rend une telle manœuvre difficile – j'attends l'ultime seconde et je bondis. À la verticale. Aussi haut que possible. Plus haut que ce à quoi s'attendait Lakej. S'il s'attendait à quelque chose.

Le choc est violent mais, au contraire de mon adversaire, je m'y suis préparée. J'enroule mon bras gauche autour de sa nuque, me roule en boule avec toute l'énergie dont je dispose et lui emboutis le menton de mes deux genoux repliés contre ma poitrine.

Ça fait un bruit de tous les diables mais, si l'impact aurait suffi à assommer un rhinocéros, je sais que je l'ai à peine ébranlé. Dans trois secondes il m'attrapera à son tour et, placée comme je suis, il me bouffera. Littéralement.

Trois secondes.

Que je n'ai aucune intention de lui accorder.

Mon assaut n'a comme objectif que de mettre sa tête à portée de ma main droite. Celle où j'ai passé le coup-de-poing américain du Sphinx. Quatre anneaux en alliage titane-argent. Titane pour la dureté, argent pour l'allergie. Les quatre percutent Lakej au milieu du front.

Hurlement.

Je frappe à nouveau.

Entre les deux yeux.

Lakej, toujours hurlant, vacille. Je suis cramponnée à lui, mon ventre à quelques centimètres à peine de sa gueule. Tu vas tomber, oui !

Mon troisième coup l'atteint à la tempe. Mon quatrième aussi. Mon cinquième.

Le hurlement de Lakej se transforme en gargouillis. Il se met à trembler et je n'ai que le temps de me dégager avant qu'il s'effondre à genoux.

Je déteste frapper un adversaire à terre mais, là, je n'ai pas le choix. Les garous sont dotés de facultés de régénération qui sont égales à celles des vampires. Si je ne l'achève pas, il se relèvera et s'il se relève…

Prise d'élan et je shoote.

Je porte mes santiags et j'ai visé le menton. Mon coup de pied me vaudrait un contrat en or au Real de Madrid ou à Chelsea mais Lakej n'est pas en mesure de me le proposer. Il accepte donc de basculer sagement sur le côté et, en poussant un gémissement très convaincant, il sombre dans l'inconscience.

C'est seulement à ce moment que je perçois le vacarme qui règne dans la salle. Les garous, visages luisants et regards brillants, vocifèrent en levant le poing et certains d'entre eux, incapables de se contrôler, ont même commencé à se métamorphoser.

Pendant un fol instant, je suis envahie par la certitude qu'ils en veulent à ma peau. Ils vont monter sur le ring, me déchiqueter vivante, me…

Puis je comprends que je ne risque rien. L'adrénaline qui a embrasé mon sang circule aussi dans le leur. Encore plus brûlante. Spécialistes des affrontements rituels, emballés par le combat, ils crient leur enthousiasme. Simplement.

La douleur de mon ventre et celle de mon dos se rejoignent, palpitantes. Mes jambes vacillent. Je ne vais pas flancher maintenant ?

D'accord, mais que faire d'autre ?

Soudain, Načelnik est là, près de moi.

Contre moi.

Il glisse un bras autour de ma taille. Me soutient. De sa force et de son regard.

– Tu as été merveilleuse, me murmure-t-il.

J'ai moins mal tout à coup.

– Tiens bon, poursuit-il dans un souffle. Tiens bon. Si tu tombes, ils cesseront de te respecter.

Tomber ?

Moi ?

Pour qui il me prend ?

Načelnik doit sentir que je vais mieux. Il me lâche pour balayer la foule du regard.

– Trulež ! hurle-t-il. C'est ton tour, chacal !

– Trulež ! Trulež ! Trulež ! scandent les garous en réponse.

– Trulež ! vocifère Načelnik. Où es-tu ?

Je suis la première à comprendre. Sans doute parce que je ne suis pas garou et que la lâcheté n'est pas, pour moi, le nom d'une incompréhensible maladie.

Il n'y aura pas de combat rituel.

Trulež a disparu.

15

– Je ne comprends pas !
– Qu'est-ce que tu ne comprends pas ?
– Pourquoi il s'est enfui.
– Il savait qu'il allait perdre.
– Ce n'est pas une raison.

Je pousse un soupir fatigué. Načelnik est bourré de qualités mais, sur certains points, son degré de réflexion est équivalent au goût vestimentaire de Walter : une catastrophe ! Se retrouver propulsé au rang d'Alpha du clan sans combattre se situe à l'extrême limite de ce qu'il peut accepter. Que Trulež ait préféré la honte de la fuite à la certitude d'une raclée reste au-delà de son entendement.

La nuit dernière, sa première décision de chef a été de lancer le clan aux trousses de l'ancien Alpha.

– Tu veux qu'on te le ramène en combien de morceaux ? a demandé un garou hilare.

La boutade n'a pas amusé Načelnik.

– Je le veux entier et en bonne santé, a-t-il répondu. Pour l'affronter dans les règles.

J'ai craint un moment que mettre la main sur Trulež devienne une obsession monomaniaque mais, heureusement, il a fini par se détendre, se souvenant que j'existais et que, s'il n'avait pas eu la chance d'affronter Trulež, j'avais eu, moi, celle d'affronter Lakej.

Il m'a conduite jusqu'à un immense loft situé au-dessus de la Friche – les appartements de l'Alpha – m'a fait couler un bain chaud – juste retour des choses – et, pendant que je détaillais les dégâts subis par mon blouson, il a examiné attentivement mon dos puis mon ventre.

– Waouh ! s'est-il exclamé. Tu cicatrises mieux et plus vite qu'un garou. C'est incroyable. J'aurais juré qu'un humain aurait besoin d'une bonne dizaine de points pour suturer la blessure que t'a infligée Lakej et il n'en subsiste qu'une estafilade. Quant à celle de ton dos, elle a presque disparu. D'où tiens-tu cette faculté de régénération ?

Je me suis glissée dans le bain sans répondre, me contentant de le regarder jusqu'à ce qu'il comprenne.

Il ne lui a fallu que douze secondes pour ôter ses vêtements et me rejoindre.

Bon. Après le test de la baignoire, celui du tapis et, pour finir, celui du lit, la nuit dans sa version repos a été très courte et nous avons sagement reporté les heures de sommeil manquant sur la journée qui arrivait.

À notre réveil, en milieu d'après-midi, Načelnik est descendu prendre des nouvelles de la traque tandis que je m'attablais devant un petit-déjeuner à la mode garou : pain frais, viande rouge et bière.

Je venais de finir lorsqu'il est revenu, exaspéré que le clan ait échoué à attraper Trulež.

– Ce n'est pas une raison, je te dis. Trulež est un garou et un garou n'évite pas un combat. Même s'il est certain de perdre.

Je pousse un nouveau soupir. Plus marqué. Avant de tenter une diversion.

– Tu t'es renseigné à propos de ce vampire, ce Séverin ? Il est à l'origine de cette histoire de drogue ou bien au service de quelqu'un ?

– Aucune idée. Mes gars ont balancé la drogue à la flotte et détruit le matériel qui servait à la fabriquer mais ils n'ont vu personne. Tu te rends compte, Trulež avait conclu un accord avec un vampire ! Quel dégénéré !

– Tu leur as demandé de faire le ménage sans chercher à recueillir des indices ?

– Tu ne croyais pas que j'allais me compromettre plus longtemps avec ce trafic avilissant ?

Du calme, Ombe.

Je m'oblige à prendre une profonde inspiration.

Načelnik est un garou, un Anormal. Sa façon de réfléchir n'est pas stupide, elle est juste… différente. Inutile de lui expliquer qu'étant membre de l'Association j'avais un besoin impérieux d'informations.

Totalement inutile.

– Par les couilles de Lucifer, Način, j'appartiens à l'Association. Tu l'as oublié ? J'avais besoin d'informations !

Il me jette un regard surpris.

– Pourquoi tu cries ? L'Association n'a plus à s'inquiéter. Le problème du trafic de drogue est réglé et je veillerai à ce qu'il ne se pose plus.

Je ferme les yeux un instant, décide d'abandonner la bagarre, rouvre les yeux, l'observe le plus objectivement possible… souris.

C'est dingue comme il est craquant, ce garou. Dingue comme je me sens bien avec lui, même si je ne comprends pas comment il fonctionne. Dingue comme son regard me liquéfie. Dingue comme sa voix m'émeut. Dingue.

– Tu as peut-être raison. Je vais me rendre au bureau de l'Association afin de faire mon rapport. On se retrouve plus tard ?

– Volontiers. Où ?

J'hésite un instant.

Après avoir beaucoup réfléchi aux dérives inhérentes à une colocation, après avoir tenté de rédiger une convention exhaustive visant à limiter ces dérives, Laure, Lucile et moi avons décidé de nous fier à notre bon sens et n'avons posé sur le papier qu'une seule et unique règle : pas de garçon deux nuits d'affilée ou alors pas dans le même lit !

Une règle que nous avons toujours respectée.

Sans aucune difficulté pour Lucile qui mène une vie de nonne.

Avec peu de difficultés pour moi vu la malédiction dite de la rupture précoce qui me poursuit de garçon en garçon.

Avec énormément de difficultés pour Laure, la dévoreuse d'émotions amoureuses.

D'accord mais le loft de Načelnik est trop grand et impersonnel pour la soirée que j'ai envie de vivre. L'appart serait bien mieux.

Peut-être, mais Laure, elle, n'a jamais enfreint la règle.

D'accord mais la règle s'applique aux garçons. Načelnik est un garou.

Argument spécieux, tu ne crois pas, Ombe ?

M'en fiche.

– Chez moi.

– Comme tu voudras, Ange.

Ange !

Comment ne pas craquer quand un homme aussi craquant que Načelnik vous appelle Ange ? Moi, je ne peux pas. Je craque.

Après un baiser dans la plus pure tradition hollywoodienne, période sensualité débridée, je parviens, j'ignore de quelle façon, à m'extirper des bras de Načelnik.

Je m'y rejette illico, histoire de vérifier que je ne rêve pas et un long, très long moment plus tard, je quitte enfin la Friche.

Ma bécane m'attend sagement à l'endroit où je l'ai laissée et quand je l'enfourche, j'ai soudain l'impression, non, la certitude, que ma vie a pris un virage aussi flamboyant qu'inattendu. Bon sang, ce que je suis heureuse !

J'ai à peine le temps de dépasser la seconde, je m'arrête devant le 13 de la rue du Horla. Les distances, comme le temps, se plieraient-elles à l'intensité de ce que l'on vit ?

En entrant dans le bureau, j'ai la surprise de découvrir que mademoiselle Rose sourit. Pas un sourire classique qui étire les lèvres et illumine le visage, un autre genre de sourire, un sourire de l'intérieur, chaud et vrai. Elle est belle mademoiselle Rose.

– Bonjour, Ombe.

– Bonjour, mademoiselle Rose.

– De bonnes nouvelles ?

– Excellentes. La menace de la drogue a disparu.

En quelques phrases, j'effectue mon rapport, évitant soigneusement de relater les événements euh… personnels qui me sont advenus pour me cantonner à l'essentiel. Enfin… l'essentiel pour l'Association. Elle m'écoute à sa manière, attentive et concentrée, tout en prenant des notes. Lorsque j'ai fini, elle hoche la tête.

– Aucune information sur le ou les vampires qui ont fomenté le coup ? Sur leurs motivations et leurs éventuels commanditaires ?

– Non, si ce n'est le nom du responsable que vous connaissez déjà.

– Séverin ? C'est exact, nous connaissons son nom et pas mal d'autres choses sur lui. Assez inquiétantes je dois l'avouer.

– Que voulez-vous dire ?

– Walter est dans son bureau, botte-t-elle en touche. Ce que tu dois savoir, il te le racontera.

Et elle baisse la tête sur son écran. Je n'existe plus.

Curieux comme cette réponse et cette attitude qui, il y a deux jours, m'auraient rendue folle de rage, me tirent aujourd'hui une moue complice.

D'un pas alerte, je gagne le bureau de Walter pour constater, nouvelle surprise, qu'il a réalisé un louable effort dans sa façon de s'habiller. Bon d'accord, le rose fuchsia de la chemise jure un peu avec les chevrons bordeaux de la cravate mais le mouchoir beige à carreaux verts glissé dans la poche avant est du plus bel effet.

– Tu as pris des risques inconsidérés en affrontant ce garou ! s'exclame-t-il en m'apercevant.

Deux choses importantes à retenir au sujet de Walter. Un, il a connaissance en temps réel du moindre détail du moindre rapport que le moindre Agent livre à mademoiselle Rose. Micro ou magie, je n'ai jamais compris comment il se débrouillait. Deux, il oublie neuf fois sur dix de dire bonjour.

– Bonjour, Walter, je vous trouve très séduisant aujourd'hui.

– Euh… bonjour, Ombe, et euh… merci. Donc euh…

Parenthèse made in Ombe : tout homme qui ne se trouble pas quand une charmante jeune fille (moi, en l'occurrence) le complimente est un mufle arrogant à fuir au plus vite !

Walter n'est pas un mufle arrogant, il se trouble, ce qui, soyons honnête, ne le rend pas séduisant mais émouvant. Ce n'est pas si mal. Il finit toutefois par se reprendre.

– Je persiste à penser qu'affronter ce garou était hautement dangereux.

– Sans doute mais le problème de la drogue est résolu.

Un sourire s'épanouit sur le visage de Walter.

– C'est vrai. Et de façon discrète qui plus est. Bravo.

Je savoure puis :

– Mademoiselle Rose évoquait à l'instant d'autres problèmes possibles avec les vampires.

Le sourire de Walter disparaît.

– Oui. Ce Séverin nous complique la vie au point que je me demande si je ne vais pas contacter le bureau international.

– Ses Agents sont meilleurs que nous ?

– Je dirais… différents.

– Moi je prétends qu'on n'a pas besoin d'eux. Si Séverin vous gêne, je m'en occupe.

Walter secoue la tête.

– Le rôle de l'Association est de…

– … gérer les Anormaux, pas de les massacrer, je sais. N'empêche qu'en massacrer un peut permettre de mieux gérer les autres.

Le sourire de Walter revient.

– Je ne te promets rien mais je vais réfléchir à ton… idée. Pour l'instant, je te propose de te consacrer aux fêtes de Noël. Tu as mérité une pause, le boulot attendra.

– D'accord. Faites-moi signe quand vous aurez besoin de mes services. Le Sphinx est en bas ?

Regard surpris.

– Bien sûr. Où veux-tu qu'il soit ?

– Je ne sais pas, moi. Chez lui ?

Walter hausse les épaules sans se donner la peine de répondre. Dois-je en conclure que le Sphinx vit dans l'armurerie ? Bizarrement, l'idée ne me choque pas plus que ça.

Je change de couloir, emprunte l'ascenseur du placard à balai et descends jusqu'à l'armurerie. Le Sphinx, à quatre pattes, est occupé à vaporiser de l'eau sur des cocons attachés aux feuilles d'un aglaonema. Il ne lève pas les yeux à mon arrivée.

– Il faut éviter qu'ils se dessèchent, marmonne-t-il, mais il ne faut pas les détremper sinon c'est la catastrophe. Qu'est-ce que tu veux ?

– Vous remercier.

Il pose son asperseur et redresse sa carcasse de gladiateur.

– Me remercier ? Pourquoi ?

– Parce que votre machin titane-argent a réalisé des merveilles.

– C'est vrai ?

Rigolo, cet air surpris qui se peint sur son visage. Comme s'il n'avait pas l'habitude que ses inventions fonctionnent, encore moins celle d'être remercié les rares fois où elles ne foirent pas.

– Oui, c'est vrai.

Mes yeux tombent sur la discrète guirlande qu'il a attachée à une étagère au-dessus de son bureau. Je lui adresse un clin d'œil.

– Joyeux Noël, Sphinx.

– Noël n'est que demain.

– J'ai envie de vous le souhaiter aujourd'hui.

Il me scrute longuement.

– Toi, tu es amoureuse !

Un deuxième clin d'œil et je tourne les talons.

Alors que l'ascenseur me ramène vers la surface et Načelnik, j'ai une pensée amicale pour le Sphinx. Perspicace, le bonhomme.

Bon sang, ce que la vie est belle.

16

Je suis surprise, en sortant, de constater que la nuit est déjà là.

Les grandes artères sont illuminées, les trottoirs grouillent de passants affairés à trouver l'indispensable cadeau de dernière minute, les voitures roulent au pas, voire ne roulent pas du tout et je me retrouve plusieurs fois coincée à attendre qu'un bouchon, étanche même à ma moto, se résorbe.

Cela ne m'agace pas.

Mon moteur tourne au ralenti, mes pensées vagabondent, j'ai relevé la visière de mon casque pour goûter la fraîcheur du soir, je suis bien.

Un bien-être profond qui ne s'estompe pas quand je réalise que, lors de mon rapport, j'ai encore oublié de parler du retour de Siyah. Pire, que j'ai également oublié d'évoquer la nouvelle agression dont j'ai été victime sur le pont.

Au moment où je m'apprête à faire demi-tour, la voix de Walter s'élève dans ma mémoire : « Tu as bien mérité une pause, le boulot attendra. » Brève hésitation puis je décide de poursuivre ma route. Walter aussi a bien mérité une pause et apprendre que Siyah est vivant lui gâcherait les fêtes de Noël. Quant à mon agresseur au Taser – sourire dur – sa mort le rendant inoffensif, l'enquête qui s'impose ne possède plus de caractère d'urgence. Je retournerai au bureau dans deux ou trois jours.

Je finis par atteindre la rue Muad'Dib, je gare ma bécane et je m'empresse de filer chez mon copain Khaled, l'épicier du coin, pour des emplettes urgentes. Je monte à l'appart les bras chargés de victuailles que je dépose sur le plan de travail de la cuisine.

Lucile n'est toujours pas là. Tant mieux, je n'aurai pas à lui expliquer que, ce soir, l'appart n'est pas une coloc mais un nid totalement privé.

J'envoie un album de Megadeth à fond sur la chaîne hi-fi et j'attaque ma chambre – draps propres, rangement, poussière, aspirateur – avant de m'en prendre à la pièce commune, sidérée par ma hargne ménagère. Il faut dire que ni elle ni moi n'avons vécu ça depuis… longtemps.

Lorsque c'est fini, je suis en nage mais l'énergie qui pulse en moi est telle qu'il faut que je me raisonne pour ne pas astiquer la chambre de Laure et celle de Lucile. Je compense en me mettant aux fourneaux.

Bon, je ne suis pas une cuisinière hors pair et ma pratique se limite aux pâtes, aux salades composées et aux gâteaux… en poudre. M'en fiche. Je me sens des ailes. Toutes sortes d'ailes. Khaled m'a conseillé une recette de tajine au poulet qu'il tient de sa mère.

– Un miracle, m'a-t-il affirmé. Tu en manges une fois, plus jamais de ta vie tu l'oublies !

J'ai la ferme intention que cette soirée demeure inoubliable pour d'autres raisons qu'un plat au poulet et, si j'aime les épices dans la cuisine arabe, je les préfère dans les rapports humains. Mais j'ai décidé d'atteindre la perfection.

Lorsqu'une alléchante odeur de coriandre, de muscade et de paprika commence à se répandre dans l'appart, je dresse la table, ouvre une bouteille de vin, allume des bougies, tamise l'éclairage avant de filer sous la douche.

Je la prends glacée, en ressors bouillante et entreprends de fouiller mon armoire à la recherche d'une robe de soirée. Je la veux noire, moulante, ouverte dans le dos jusqu'à la naissance de mes reins, échancrée sur le devant de façon à…

Arrête, Ombe, tu perds la boule, là. Tu n'as jamais possédé ni même porté la moindre robe de ta vie.

Avec un soupir, j'enfile un jean et un débardeur blanc, me contemple sans concession dans la glace, troque mon débardeur blanc contre un noir, hésite, remets le blanc, puis le noir, hausse les épaules, me résigne à ne pas ressembler à une princesse, choisis le débardeur blanc et sors de ma chambre en courant de crainte de ne pas être prête quand il arrivera.

Je retrouve mon entrain en soulignant mes yeux d'un trait de crayon turquoise puis en caressant mes lèvres d'un gloss perlé. Un soupçon d'Ange ou Démon de Givenchy au creux du cou et…

On frappe à la porte.

Non. Pas on. Il frappe à la porte.

Je le sais, je le sens, sa présence résonne dans mon ventre sans que j'aie besoin de le voir.

– Entre…

Je comprends que quelque chose ne va pas au moment où ses yeux se posent sur moi et les miens sur lui. Tension dans son corps, voile sur le bleu de ses yeux, sourire las…

– Que… se passe-t-il ?

Je m'approche. Besoin impérieux, vital, de le prendre dans mes bras, besoin qu'il referme les siens sur moi, besoin qu'il…

Il lève une main pour m'arrêter.

Je me fige.

– Ombe… je… je ne peux pas.

– Tu ne peux pas quoi ?

– Je… nous… ce n'est pas possible.

C'est donc ça le froid ? Cette impression que le sang se solidifie dans vos veines, qu'un gouffre insensé s'ouvre au milieu de votre être, que la vie entière se morcelle ?

– Ça veut dire quoi, ce n'est pas possible ?

Il ferme les yeux une seconde. Nous sommes immobiles, à un mètre l'un de l'autre, mon âme me hurle que c'est un mauvais rêve, m'ordonne de le rejoindre, je ne bouge pas, il rouvre les yeux.

– C'est… c'est à cause de… l'odeur. Ton odeur.

– Quoi ?

Ai-je crié ? Murmuré ? Načelnik tressaille. Son visage est tendu, marqué par le doute, la douleur, la tristesse. Aurais-je moins mal, je ne supporterais pas de le voir souffrir autant.

Il prend une inspiration. Hésite à fermer les yeux une deuxième fois, les braque sur moi.

– Je… je n'ai jamais rencontré une fille comme toi. Tu es si… merveilleuse, un idéal ayant pris vie, un miracle.

– Et ?

Je suis un désert. Aride. Mort.

– Tu… possèdes une… odeur qui… Je suis désolé. C'est une odeur qui me… qui me repousse. Une odeur plus forte que tout ce que je ressens pour toi, plus forte que tout ce qui m'attire vers toi. Je ne l'ai pas perçue au début, sans doute à cause du produit que Trulež m'a injecté dans les veines puis, peu à peu, mon odorat s'est réveillé et…

– Une odeur ?

– Oui, une odeur. Au sens que nous, garous, accordons à ce mot. Pas un parfum, une odeur. Quelque chose qui palpite en toi… Quelque chose de dur, de terrible. D'insupportable. Quelque chose qui me révulse chaque instant un peu plus. J'ai… j'ai essayé. Je ne peux pas, Ombe. Je ne peux vraiment pas. Je… je suis désolé.

Né au cœur de mes sentiments, un vent de mots souffle sur le désert que je suis devenue.

Des mots pleins de sens, d'idées, d'espoirs, de force.

« On se fiche de cette odeur, Nač, ça ne veut rien dire une odeur. Je suis bien avec toi, mieux que je n'ai jamais été avec quiconque. Mieux que je croyais possible de l'être un jour, même en rêve. Une odeur, ça s'estompe, ça se chasse, ça s'oublie. Je changerai de parfum pour toi, Nač, je prendrai des bains de fleurs, je t'aimerai si fort que… C'est ça qui compte, Nač, ça et rien d'autre. Je t'aime. »

Le vent, dans ma tête, devient tempête. J'ouvre la bouche pour laisser sortir les mots.

– Casse-toi, pauvre blaireau !

Il sursaute. Blêmit. Se décompose.

Jamais je n'ai eu autant envie d'embrasser quelqu'un.

– Tu m'entends ? Casse-toi, blaireau !

– Ombe… je…

– Tu quoi ? D'accord, ma route a croisé la tienne deux nuits d'affilée, d'accord nous avons pris un certain plaisir à coucher ensemble. Tu ne croyais pas que j'allais m'effondrer parce que tu possèdes un odorat ultrasensible et que nos routes divergent ce soir ? Si c'est le cas, tu te fourres le doigt dans l'œil, Načelnik. Je ne m'effondre pas. Je suis incassable.

– Attends, Ombe, je…

– Mais j'attends, Načelnik. J'attends que tu te casses. Et pour être franche, je commence à m'impatienter.

Il me regarde un long moment sans ciller.

Ses yeux me parlent, me caressent, me supplient…

Je ne bouge pas.

Je suis un désert. Les déserts ne bougent pas.

– Je suis désolé, Ombe, finit-il par murmurer. Tellement désolé.

La réplique cinglante qui devrait jaillir ne jaillit pas mais je tiens droite, ce n'est déjà pas si mal.

Il se détourne enfin, descend les escaliers d'un pas lourd, disparaît.

Et moi…

Moi…

Ma moto fonce dans la nuit.

Couchée sur son réservoir, bouche grande ouverte, j'essaie de happer le vent, l'espoir, la vie.

Je n'y parviens pas.

Souvenir…

Il s'appelle Wilson.

Ce soir, nous avons rendez-vous derrière le centre qui m'accueille depuis quelques mois.

Ce soir.

Le grand soir.

Je sais que nous allons faire l'amour. La première fois pour moi, la première fois pour lui peut-être aussi. Nous n'avons rien dit, rien suggéré, rien prévu mais je le sais.

Wilson est différent. La lumière dans ses yeux quand il me regarde, le tremblement de ses mains quand il m'enlace, la douceur de ses lèvres quand il m'embrasse, la beauté des lettres qu'il me glisse en silence quand nous nous croisons…

Wilson est différent.

Ce soir est le grand soir.

Je le sais.

J'ignore en revanche que, si ce soir dépassera mes plus folles espérances, il n'aura pas de lendemain.

Je ne reverrai jamais Wilson.

17

Il est six heures du matin quand je pousse la porte de mon appart.

Je titube, incapable de savoir si c'est à cause de la fatigue, du chagrin ou de l'alcool. Cet alcool que j'ai ingurgité tout au long de la nuit, d'abord pour tenter d'oublier, ensuite, justement, parce que j'ai oublié. Oublié de ne pas boire, oublié où j'allais, ce que je faisais, oublié, même, qui j'étais.

Quelques fragments de souvenirs déchiquetés flottent à la surface de ma conscience vacillante sans que je sois capable de leur offrir le moindre sens. Un bar enfumé, de la musique qui braille, des types lourds, une bagarre, un coup reçu, beaucoup de coups distribués, un autre bar, d'autres blaireaux, de la musique toujours, des cris, de la bière, une course en bécane…

Je m'effondre sur mon lit et sur le dos, les bras écartés, les yeux grands ouverts.

Non.

Fermés.

Je n'ai aucune envie de mourir. Aucune. Mais, bon sang, ce que j'aimerais être morte.

Sommeil épais, écrasant, pareil à un gouffre.

Dépourvu de rêves.

Sommeil dont j'émerge enfin vers quatre heures de l'après-midi, allongée sur mon lit et sur le dos, les bras écartés.

Je n'ai pas la bouche pâteuse, pas mal à la tête ou au ventre, pas les mains qui tremblent ou le dos qui frissonne. Je suis opérationnelle. Parfaitement opérationnelle. Être incassable signifie aussi récupérer en quelques heures d'une cuite si monumentale qu'elle aurait assommé un rugbyman pendant une semaine.

Dommage.

Je serais volontiers restée inconsciente une semaine.

Je me lève, prends une douche, plus par habitude que par envie, erre un moment dans l'appart, m'assieds par terre, dos au mur, les genoux remontés contre la poitrine.

Recroquevillée.

Dehors et dedans.

Est-ce normal de sentir le goût de ses lèvres sur les miennes alors qu'il ne m'embrassera plus ?

Est-ce normal de sentir mon ventre hurler au simple souvenir du contact de sa peau ?

Est-ce normal de ne rien ressentir d'autre que le vide, le manque, l'absence ?

Est-ce normal de guetter les bruits, d'espérer celui de la porte qui s'ouvre alors qu'elle ne s'ouvrira pas ?

– Tu ne le connais que depuis trois jours, murmure en moi une escarbille de raison qui cherche à s'enflammer.

Une vague de douloureuse lucidité déferle avant que l'escarbille ait réussi son projet, l'emporte, la noie, la transforme en scorie.

Qui est en droit de m'interdire d'aimer au bout de trois jours ?

Qui a décrété que l'intensité du bonheur était proportionnelle au temps passé à la savourer ?

Je voudrais continuer à me recroqueviller, devenir une coquille de diamant autour d'une douleur si violente qu'elle m'émiette.

Je voudrais disparaître.

Je voudrais...

Par le sursaut d'une volonté que j'ignorais posséder, je me lève.

Tu es vivante, Ombe, blessée, meurtrie, amputée mais vivante !

Tu es vivante, quelle que soit la douleur qui te taraude, tu vas continuer à vivre.

Et d'abord tu vas bouger.

Le premier pas s'avère le plus difficile à effectuer, les autres suivent, dociles à défaut d'être énergiques. Ils me conduisent jusqu'à la chaîne hi-fi.

Quand, libérée par les quatre enceintes réglées à fond, l'intro de *Bouncing off the Walls* sabre la pièce à grands coups de guitare rageurs, je sens un frémissement dans le coin au fond à gauche de mon âme.

Tu es vivante, Ombe.

Vivante et incassable.

J'attrape le plat contenant le tajine froid, appuie sur la pédale de la poubelle, commence à le vider... m'interromps.

Mon blouson de cuir est là. J'ai hésité avant de le jeter, hier. Je l'aimais bien et nous avions vécu de chouettes moments ensemble, toutefois les dégâts occasionnés par les griffes de Lakej étaient trop importants.

Irréparables.

Je repose le tajine sur la cuisinière et je sors mon blouson de la poubelle. Non que j'aie l'intention de me lancer dans des travaux de raccommodage qui dépassent largement mes compétences mais parce que je viens de me souvenir de la clef. La clef USB qui se trouve dans une de ses poches. La clef sur laquelle j'ai copié le dossier récupéré dans l'ordi de Lucile.

Je n'en oublie pas que je suis malheureuse à en crever même si l'adrénaline qui se glisse dans mes veines lorsque je mets la main sur la clef me convainc un peu plus que je ne suis pas morte.

Deux minutes plus tard, je suis installée devant mon propre ordi, une bête puissante achetée en même temps que ma bécane avec l'argent des photos.

Puissante et bourrée de logiciels, certains destinés au grand public, d'autres beaucoup moins, d'autres enfin carrément confidentiels, récupérés sur les sites mal famés où j'aime traîner. C'est un de ces logiciels que je lance lorsque le dossier « Ombe » refuse de s'ouvrir de façon classique.

Règle de base de l'informatique : ce qui a été fait numériquement peut être défait numériquement. Il en découle qu'aucune protection n'est inviolable et que la valeur d'un verrou se mesure au temps nécessaire pour le déverrouiller.

Celui mis en place par Lucile est solide, professionnel. Il résiste quatre minutes et une poignée de secondes avant de céder et de me laisser accéder au contenu du dossier.

Il comporte douze fichiers, douze articles de journaux numérisés ou récoltés sur Internet. Des journaux canadiens.

Je reconnais le premier pour l'avoir consulté à de nombreuses reprises durant mon enfance. Découpé à mon intention par une assistante sociale plus maternelle que les autres, il a longtemps fait partie des maigres possessions que j'emportais avec moi de famille d'accueil en famille d'accueil.

Il relate l'incroyable découverte d'un bébé âgé de moins d'une semaine abandonné dans la neige par des inconnus que le journaliste n'hésite pas à traiter de monstres sans cœur à l'esprit dérangé.

Une photo illustre l'article. Prise quelques heures après que le bébé a été sauvé, elle le montre couché dans un berceau, ses grands yeux bleus semblant sonder le monde à la recherche d'un détail essentiel que lui seul sait manquant.

Cette photo m'est familière. C'est la seule que je possède de moi bébé.

Je l'ai regardée des milliers de fois, cherchant à percer la douloureuse énigme de mon arrivée sur terre, me posant en boucle la question qui a martelé mon enfance : est-ce que ce sont mes parents qui se sont débarrassés de moi de cette abominable façon ou ai-je été enlevée puis abandonnée dans la neige par un fou ?

Je n'ai jamais obtenu de réponse.

Je connais également les dix articles que j'ouvre ensuite. Je suis allée les chercher sur Internet dès que j'ai su me servir d'un ordinateur et je pourrais presque les réciter par cœur tant ils me sont familiers. Ils relatent peu ou prou la même chose : le bébé sauvé par miracle, la recherche de ses parents, les hypothèses des enquêteurs, leurs déductions, leurs pistes et, pour finir, leur impuissance.

Toute à ma lecture, je n'ai pas pris le temps de m'interroger sur les raisons qui ont poussé Lucile à collecter ces informations. Je ne me souviens pas de lui avoir parlé du mystère de ma naissance, ni d'avoir évoqué une seule fois mon enfance. Est-ce qu'elle…

Le dernier article est différent.

Publié une année plus tard, il n'évoque pas mon incompréhensible apparition mais rapporte une inexplicable disparition. Celle d'une jeune femme, Marie Rivière, qui s'est volatilisée alors qu'elle gagnait la pharmacie où elle travaillait à Montréal. Les dernières personnes à l'avoir vue la décrivent marchant d'un pas alerte, le sourire aux lèvres, dans un quartier calme et sans histoire.

L'article, court et dépourvu d'âme, rapproche cette disparition de celles des dizaines de personnes qui, chaque année et pour des raisons inconnues, quittent leur domicile et ne reviennent jamais. Selon le journaliste, la police privilégie d'ailleurs la piste de la fugue quoique le terme soit incorrect puisque Marie était majeure et sans enfants.

Qu'est-ce que ce fichier fiche au milieu de ceux qui me concernent ?

Je rumine la question un moment avant de réaliser que ce n'est pas celle que je devrais me poser.

Pourquoi Lucile a-t-elle rassemblé ces informations à mon sujet ?

Cinq minutes d'intense réflexion n'aboutissent à rien et, mettant de côté la tacite discrétion qui régit notre colocation, je décide de retourner à la source.

Lucile, habituellement casanière, n'est toujours pas rentrée ce qui, en soi, est déjà un mystère mais m'arrange puisque je me vois mal lui demander l'autorisation de fouiller son ordinateur.

La première chose que je remarque lorsque l'écran s'allume, c'est que le dossier qui portait mon nom et que j'ai copié sur ma clef a disparu. Lucile est donc repassée à l'appart la nuit dernière.

J'ouvre la partie de son disque dur où elle classe ses documents personnels pour n'y trouver que des cours de sociologie et une lettre adressée à un opérateur téléphonique. Celle où elle range ses morceaux de musique favoris ne contient rien d'intéressant et celle qui est censée accueillir des images est vide.

Une brève inspiration et je plonge dans les profondeurs numériques de la machine. Je lance une série de sondes en variant leurs critères, noms, contenus, dernière date d'ouverture, fouine dans la corbeille, les fichiers temporaires, les traces laissées par ses balades sur Internet… Rien.

Je réprime un juron. Certes, dénicher une information dissimulée sur un ordinateur est souvent très long mais un drôle de pressentiment me souffle que, même en y passant une semaine, je ne trouverais rien.

Je me résigne à abandonner mes recherches. Je n'ai plus qu'une solution si je veux connaître les raisons qui ont poussé Lucile à collecter ces informations sur moi : lui poser la question lorsque je la verrai.

De retour dans ma chambre, j'allume mon propre ordinateur et lance une première recherche sur la toile en accolant les mots Marie et Rivière. Le nombre de réponses que j'obtiens dépasse les limites du raisonnable.

À Marie et Rivière, j'ajoute enlèvement puis Montréal et pharmacie. Toujours trop vague pour être exploitable. Lorsque je précise la date stipulée dans l'article que je viens de lire, le programme m'annonce en revanche qu'il n'a aucun résultat à m'offrir.

Cette fois, je ne retiens pas le juron qui me monte aux lèvres.

– Par les oreilles de Lucifer !

Je repousse ma chaise et me lève.

Je me fiche de cette Marie Rivière, je me fiche de Lucile et de savoir pourquoi elle fouille dans mon passé, je me fiche de tout.

Je me fiche de tout.

De tout !

La vague de douleur, de tristesse et de rage qui déferle sur moi me fait suffoquer.

Je me précipite à la fenêtre, l'ouvre en grand, me penche à l'extérieur sans que cela change quoi que ce soit à mon état. Je suffoque toujours.

Un verre d'eau glacée n'a pas plus d'effet.

Je n'ai pas besoin de respirer.

Je n'ai pas besoin de boire.

J'ai besoin de…

… parler.

18

– Allô, Jasper ? C'est… c'est Ombe.

Si quelqu'un, un jour, m'avait dit que, plongée dans une détresse noire, je me tournerais vers Jasper pour quémander son soutien, j'aurais sans doute pilé l'impertinent en menus morceaux ou, plus probablement, j'aurais éclaté de rire.

Jasper ?

Pourquoi pas Mickey ou le grand Schtroumpf ?

Je n'ai pourtant pas hésité une seconde. Je n'ai pas tenté de joindre Laure qui, je le sais, m'aurait prêté une oreille attentive.

Non.

Jasper.

Directement.

Insondable mystère de l'âme féminine.

Je l'ai appelé à partir de l'ordinateur de Lucile – je ne serai jamais autant entrée dans sa chambre que ces derniers jours – puisque mon portable est brisé – merci Erglug – et que je n'ai pas eu le temps de le remplacer.

Je l'ai appelé sans avoir à rechercher son numéro, découvrant par la même occasion que je le connaissais par cœur. Je l'ai appelé sans douter un instant qu'il me répondrait.

Et il me répond.

– *Ombe ? Mais... je... tu...*

Malgré la tristesse marécageuse dans laquelle je m'enlise, je ne peux retenir un sourire. J'ai déjà entendu parler Jasper quand il ignorait ma présence. Il est brillant. Surtout quand la discussion porte sur la magie. Il perd en revanche ses moyens quand il s'adresse à une fille. Il rougit, bafouille, s'emmêle les jambes et les pinceaux, accumule bourdes et impairs. Un véritable désastre.

Et quand je suis cette fille, c'est pire.

Il réussit toutefois l'exploit de se reprendre. Au moment exact où l'envie de sourire disparaît au fond de mon marécage personnel.

– *Je... je suis content que tu m'appelles. Je pensais justement à toi et... et... Tu... tu as besoin de... quelque chose ?*

Le sourire réapparaît. Fugitivement. C'est vrai que je ne l'appelle qu'en cas de besoin. Quand je me retrouve coincée dans des situations épineuses dont seules ses étonnantes connaissances peuvent me tirer.

Et quand j'ai le cœur brisé.

– Non, je n'ai besoin de rien de particulier.

– *Un sortilège, une liste d'ingrédients ? Ou un truc infaillible pour liquider un Élémentaire ?*

Je suis certaine que, s'il parvenait à maîtriser sa timidité et ses hormones, il aurait un sens de l'humour irrésistible, le gentil Jasper.

– Je ne suis pas en mission en ce moment. Je pensais qu'on pourrait peut-être boire un coup ensemble. Enfin, si tu en as envie.

Long silence.

Bruit discret de déglutition.

– *Je... Maintenant ? Je... Aujourd'hui ? Je veux dire, le soir de Noël ?*

Merde !

Noël.

Je l'avais oublié celui-là.

– Euh... désolée, Jasper. Je suis un peu en vrac en ce moment et je n'ai pas fait attention. On se rappellera plus tard, d'accord ?

Je m'apprête à raccrocher, le cri de Jasper interrompt mon geste.

– *Attends !*

La suite arrive si vite et dans un tel désordre que, pendant quelques secondes, je suis persuadée que l'ordinateur de Lucile, victime d'un virus, est en train d'agoniser.

– *Attends, Ombe, ce n'est pas ce que... Je me fiche de Noël. Je veux dire, ce n'est pas important. Pas plus qu'un autre soir.*

Un silence haletant, suivi d'un silence silencieux, suivi d'un silence prise d'élan puis :

– *Ombe ?*

– Oui ?

– *Ta proposition… C'est sérieux ?*

– Ouais. Sauf si l'idée de boire un coup avec moi te fait perdre la boule. Je n'ai aucune envie de discuter avec un type qui aurait pété un câble à cause d'une surtension émotionnelle.

J'hésite un instant avant de continuer puis je me lance. Je ne vais quand même pas prendre des gants avec Jasper !

– Et sauf si cette idée te donne… des idées justement. Je te propose un coup à boire, Jasper, pas une partie de jambes en l'air. On est d'accord, n'est-ce pas ?

– *Évidemment, c'est ce que j'avais compris,* s'offusque-t-il avec une pointe de mauvaise foi. *Tu veux qu'on se retrouve où, et quand ?*

– Chez toi si tu y es, et le temps d'arriver si ça te va.

– *Ça me va.*

– Tu habites où ?

– *Avenue Mauméjean… bes en l'air !*

– Quoi ?

– *Oublie,* déclare-t-il un sourire dans la voix, *c'est un de mes jeux de mots pourris.*

Il m'explique où se trouve l'avenue Mauméjean et me donne les codes nécessaires pour entrer chez lui. J'attrape mon casque et je quitte l'appart. Je suis en train d'ouvrir la porte du local où je gare ma moto lorsque Khaled abandonne son épicerie et traverse la rue pour s'approcher de moi.

– Alors, il était bon ce tajine ?

– Une merveille !

Aucune envie de lui raconter que le tajine en question se trouve au fond de ma poubelle. Encore moins de lui expliquer les raisons de ce qu'il considérerait à coup sûr comme un sacrilège impardonnable.

– Je te l'avais dit. Tu veux la recette du couscous royal ? Ma mère est la reine du couscous royal.

– Une autre fois, volontiers. Là, je dois y aller.

– D'accord.

Un signe de la main, il se détourne puis se retourne.

– Y a des drôles de gens qui ont demandé après toi ce matin, à l'épicerie.

– Des drôles de gens ?

– Oui. Deux garçons et une fille. Habillés en noir, avec des yeux de shaytan et des gestes un peu trop rapides.

– Des gestes trop rapides ? C'est une description étrange.

Haussement d'épaules en guise de réponse. Je n'insiste pas.

– Qu'est-ce qu'ils voulaient ?

– Savoir où tu habitais. Ils m'ont montré un magazine avec une photo de toi…

Le regard de Khaled se met à briller.

– … Je ne savais pas que tu étais top model.

– C'est parce que je ne le suis pas. Qu'est-ce que tu leur as répondu ?

– Que je ne t'avais jamais vue. Leurs têtes ne me revenaient pas. J'ai eu raison ?

– Ouais.

– Alors je suis rassuré. Tu passes quand tu veux pour le couscous royal, d'accord ?

– D'accord, Khaled.

Quelques minutes plus tard, je m'engage sur les quais de Seine.

Je pense à ce que m'a appris mon copain épicier. Le type au Taser, les « shaytans » aux gestes trop rapides de Khaled, Lucile, ils sont nombreux à me tourner autour sans que je sache ce qui les motive. Faudrait voir à ne pas exagérer sinon je ne réponds de rien.

J'expire longuement. Accélère.

Ma Z1000 répond à la perfection, son moteur feule avec une docilité qui ne demande qu'à se transformer en explosion, sa puissance calquée sur mes désirs tandis que mon cœur bat au rythme de ses quatre cylindres.

Heureuse, malheureuse, une question de mécanique ?

19

L'avenue Mauméjean ressemble à la rue Muad'Dib comme le restaurant de l'hôtel de Crillon ressemble à la brasserie de chez Ninette.

Plantée de tilleuls entretenus par des maniaques de la symétrie et d'immeubles haussmanniens aux façades aussi froides que prétentieuses, elle s'étire, rectiligne, dans un quartier où le revenu moyen par habitant doit sûrement dépasser celui d'une ville de bonne taille au Burkina Faso.

Étrange. Je savais que Jasper était encore lycéen mais je n'avais jamais réalisé qu'il écrivait millionnaires dans la case « profession des parents » des fiches de renseignements scolaires.

Je gare ma bécane entre une Audi A5 toutes options et un 4x4 Porsche rutilant, j'ôte mon casque et m'approche de la porte de château fort qui empêche le commun des mortels de pénétrer sur le territoire des nantis.

Le clavier digital accepte le code que je lui propose.

Bienvenue chez les autres, Ombe.

L'appartement de Jasper occupe les deux derniers étages de l'immeuble. Ça s'appelle un duplex et si je connais le nom, si j'ai vu dans des films à quoi ça ressemble, c'est la première fois que je pénètre à l'intérieur.

La claque !

Le salon dans lequel j'entre, presque aussi vaste qu'un terrain de foot, parqueté de bois foncé, meublé grand style et agencé par un décorateur de génie, est inondé de lumière. J'en oublie presque de répondre au bonjour bégayant de Jasper qui m'a ouvert la porte.

– Salut, Jasper. Quelqu'un de ta famille a gagné au loto ou tu es le fils caché de Bill Gates ?

Les joues de Jasper se colorent. Plaisir ? Gêne ?

– Euh… Non. Enfin, pour le loto et pour Bill Gates. Je suis juste le fils de mon père et c'est plutôt lui qui se cache.

Une ombre dans sa voix me pousse à l'observer.

– Quelque chose ne va pas ?

Il sourit. Un sourire triste qui s'arrête à ses lèvres et tranche avec le chagrin que je discerne dans ses yeux.

– Non, tout va bien. J'habite un duplex de cinq cents mètres carrés dans un des quartiers les plus chics de Paris. J'ai une piscine à l'étage, une gouvernante espagnole qui prépare mes repas et traque la poussière à plein temps. Où est le problème ?

– Jasper ?

Il désigne l'appartement d'un ample mouvement du bras.

– Le rêve devenu réalité ! s'exclame-t-il. Bon d'accord, ce soir c'est Noël et mes parents ne sont pas là. Je n'ai pas vu mon père depuis si longtemps que je ne suis pas certain de le reconnaître le jour où un trou dans son agenda overbooké d'homme d'affaires lui permettra de passer par ici. Ma mère, après un stage de méditation brésilo-lituanienne à Séville et une formation de broderie ésotérique pakistanaise à Oslo, est partie le rejoindre à New York pour passer Noël. Bref, c'est un bel appartement mais je suis seul dedans !

Il se tait, tripote son poignet puis s'empourpre, comme s'il réalisait que son discours, trop long, ouvre une brèche dangereuse dans une carapace si bien ajustée que je ne l'avais jamais remarquée.

À moins que je me trompe et qu'il ait seulement perdu le fil de ses pensées…

Quoi qu'il en soit, il prend une mine désolée et s'empresse de changer de sujet.

– Et toi, tu es seule ce soir ? Euh, je veux dire pour Noël…

Tiens, le revoilà qui bafouille.

– Ouais.

– Ah. Tu veux… boire quelque chose ?

– Volontiers.

– Ici ?

– C'est quoi cette question ?

– Tu… tu ne préfères pas que nous sortions ? Pour être sincère, je n'ai pas très envie de rester chez moi.

– Pourquoi ?

Il hésite une seconde puis murmure :

– 

– Qu'est-ce que tu dis ?

– C'est du quenya.

– J'avais deviné mais tu sais, les langues mortes et moi…

– Le quenya n'est pas une langue morte, au contraire ! C'est l'essence de la vie !

– Les sens de l'envie ? Waouh ! Non, ne te fâche pas, je plaisante. Et qu'est-ce qu'elle signifie ta phrase en essence de vie ?

– *Anvanyë nomi halyar allumna eressi.* Ce qui veut dire, à peu près : « La plus lourde des solitudes se dissimule dans les endroits les plus beaux. »

Il a haussé les épaules, histoire de minimiser ses paroles.

Peine perdue.

Elles ont touché juste.

Et fort.

Je le regarde, ses joues s'embrasent, il détourne les yeux. Bon, ce n'est pas gagné.

– D'accord. Sortons si tu préfères. Peu importe l'endroit où nous mélangerons nos solitudes, tant que leur mélange nous réchauffe.

Devant la flamme qui s'allume dans ses prunelles, je me sens obligée de poursuivre :

– Désolée, je suis incapable de te déclarer ça en quenya.

Il sourit.

– [illegible]. Ça sonne bien en haut-elfique mais je crois que c'est en français et dans ta bouche que ça reste le plus beau.

Pas le temps de lui montrer que je suis touchée par la tirade. Il tourne les talons.

– Je vais chercher mes affaires. Tu m'accompagnes ?

Je lui emboîte le pas, découvrant par la même occasion que la pièce que je prenais pour le salon n'est que l'entrée de l'appartement. Le salon se trouve plus loin, plus grand et encore plus beau. Presque aussi grand et aussi beau que la salle à manger qui précède.

La chambre de Jasper se trouve au fond, à gauche.

Une chambre de garçon.

De jeune garçon.

Le lit, un matelas posé au sol, est sympa mais le poster du *Seigneur des Anneaux* accroché au-dessus me tire un grincement de dents. Difficile de faire plus blaireau. Sentiment identique en ce qui concerne la bibliothèque. Les rayonnages en verre sont géniaux et certains bouquins stupéfiants. Dommage qu'ils jouxtent des titres franchement ringards : *Oui-Oui contre les vampires, L'Ange agent secret, L'Île aux treize horreurs, Le capitaine qui fracasse…*

En revanche, le vieux fauteuil en cuir qui trône dans un coin est cool et le bureau installé sous la fenêtre aussi. Pas si nulle que ça, finalement, la chambre de Jasper.

Je m'approche d'une photo punaisée à côté d'un placard. Trois musicos vêtus de noir brandissent leurs instruments dans la nuit devant l'hôtel Matignon. Postures de rebelles et énergie bouillonnante. Un beau cliché.

Je désigne le garçon au centre.

– C'est toi, là, non ?

– Oui, avec Romu et Jean-Lu, les potes avec lesquels j'ai monté mon groupe. Là, c'était un soir de fête de la musique…

Il sourit.

– … juste avant qu'on soit virés par la police pour occupation illicite d'un lieu réglementé.

– C'est quoi l'instrument que tu tiens à la main ?

– Une… une cornemuse.

– Une cornemuse ? Je croyais que tu jouais du rock.

– Ben… Je joue du rock. Alamanyar, mon groupe, est spécialisé dans un rock marqué à l'énergie folk auquel on ajoute une bonne dose de médiéval et, pour ça, la cornemuse est un instrument génial.

– D'accord. Moi je serais plutôt heavy metal avec une nette préférence pour l'indus américain mais je suppose que tous les goûts sont dans la nature.

– Je suppose aussi.

Il enfile sa veste noire, passe son écharpe, noire aussi, autour de son cou, et saisit sa sacoche.

Une sacoche dont je suis prête à parier très cher qu'elle contient une multitude de fioles et d'ingrédients magiques.

– On y va ?

20

Jasper s'adosse à sa chaise, empoigne la chope de bière qu'il n'a pas encore touchée, boit une gorgée.

– Voilà, tu sais tout.

Et dire que je l'ai appelé parce que j'avais envie de parler !

Nous sommes installés dans un troquet proche de l'avenue Mauméjean depuis près d'une heure et, depuis près d'une heure, c'est Jasper qui monopolise la parole.

Avec mon entière approbation tant ce qu'il raconte est captivant.

Alors que, cafouillis en mission oblige, Walter l'avait suspendu pour quinze jours, Jasper s'est débrouillé pour rencontrer un troll. Et pas n'importe quel troll. Mon troll. Erglug, dont le nom complet, je viens de l'apprendre, est Erglug Guppelnagemanglang üb Transgereï.

Ce n'est pas tout. Jasper et Erglug se sont entendus comme deux larrons en foire et Jasper s'est mis en tête de libérer Erglug du sortilège de soumission dont il était victime. Cela l'a amené à participer à la fête trolle du solstice d'hiver, expérience assez… singulière si j'en crois ses dires puis à affronter Siyah, le magicien à qui j'ai eu affaire et que je pensais avoir liquidé. Jasper est encore plus balèze en magie que je l'imaginais. Il a vaincu son adversaire, l'obligeant à prendre la fuite pour éviter un aller simple vers les enfers.

Je hoche la tête, admirative.

– Pas mal ! Mais tu ne m'as pas expliqué les raisons pour lesquelles ta route et celle d'Erglug se sont croisées.

– Pas les raisons, la raison. Toi !

– Moi ?

– Oui. Il y a quelques jours, la nuit du 21 au 22 pour être précis, après un concert que Romu, Jean-Lu et moi avons donné au *Ring*, trois inconnus m'ont abordé pour me questionner à ton sujet. Ils étaient en possession d'un magazine avec des photos de toi assez… sympas. Un magazine qui…

– Je sais de quel magazine il s'agit. Pourquoi se sont-ils adressés à toi ?

– Ils possédaient une coupure de journal évoquant ta dernière mission, celle que tu as menée au lycée Bordage avec les gobelins. Enfin, pas ta mission, plutôt la raison officielle qui a été avancée pour expliquer la démolition du préau, ta bagarre avec l'Élémentaire et le reste.

– Quel rapport avec toi ?

– L'article en question est illustré par une photo de toi et moi marchant côte à côte dans la rue. Une photo dont le titre...

Il se tait et ses joues s'embrasent. Tiens, ça faisait un moment qu'il n'avait pas rougi.

– Une photo dont le titre est ?

– *Idylle avec un rocker.* Non, ne te fâche pas, je n'y suis pour rien ! Je n'étais au courant ni de l'article ni de la photo.

Je serre les dents, tandis qu'une envie de meurtre journalistique me submerge. J'ai été roulée par le photographe qui, à la place des clichés de mode pour lesquels il me payait, a pris des photos limite attentat à la pudeur, roulée par les journalistes d'au moins deux canards qui, voulant écrire un papier sur les événements du lycée Bordage, ont étalé ma vie sans pudeur ni vergogne. Le prochain scribouillard qui m'aborde pour un article, une interview, une séance de photos, ou n'importe quelle autre raison, je le massacre.

J'expire longuement tandis que, devant moi, Jasper attend, un peu inquiet, que je parvienne à me contrôler.

– Ombe ? Ça va ?

– C'est bon, continue.

– Les trois inconnus étaient jeunes, un peu étranges, mais dans l'ambiance générale du *Ring* je ne me suis pas méfié, je leur ai donné ton adresse.

– L'adresse exacte ?

– Non, juste le nom de ta rue. Ils...

– Deux garçons et une fille, n'est-ce pas ? Vêtus comme des gothiques.

– Exact. Tu...

– Non, je ne les ai pas croisés, mais je sais qu'ils sont passés chez l'épicier en bas de chez moi se renseigner sur mon compte. Dis donc, tu ignores ce qu'ils voulaient et tu leur as filé mon adresse ? Tu es sûr que Walter trouverait ça discret et mademoiselle Rose professionnel ? La huitième règle de l'Association ne stipule-t-elle pas que l'aide à un Agent prime la mission ?

– Je... je n'étais pas en mission.

– Ça aggrave plutôt ton cas, non ?

Je savoure un instant sa mine déconfite puis, magnanime, je le rassure.

– Allez, c'est bon, pas la peine d'afficher cette tête, je ne t'en veux pas et je ne dirai rien au bureau. Les goths en question doivent être des blaireaux qui ont flashé sur ces maudites photos.

– Sans doute. J'espère ! Quoi qu'il en soit, je me suis senti mal de m'être montré aussi bavard. Je t'ai appelée pour t'avertir mais lorsque tu as décroché, tout ce que j'ai entendu, ça a été un : « Attends », suivi d'un violent bruit de bagarre, puis plus rien. Je me suis fait un sang d'encre. J'ai d'abord pensé avertir l'Association mais j'étais suspendu, c'était chaud. Ne pas agir était impossible. J'ai alors tissé un sort de localisation. J'ai utilisé des baies de genévrier pour ouvrir la porte des limbes, des pétales de rose pour établir le contact et j'ai...

– Jasper ?

– Oui ?

– Tu peux passer sur l'épisode cuisine magique ?

Il sourit.

– Toujours allergique ?

– Ce n'est pas une allergie, c'est une incompatibilité aussi totale que définitive.

– Mouais. Pour faire bref, j'ai lié mon téléphone avec le tien à l'aide d'un sortilège, ce qui m'a conduit jusqu'à un entrepôt du bord de Seine.

– Où tu as découvert Erglug et les débris de mon téléphone.

– Sur Erglug, en effet, et…

Il plonge la main dans sa sacoche et en tire mon téléphone.

Intact.

– Tiens, je l'ai récupéré par terre. Il fonctionne toujours.

Je me saisis de mon bien avec un pincement au cœur. Drôle comme on s'attache à de bêtes objets matériels.

– Merci, Jasp. Pour le téléphone et pour avoir accouru à mon aide.

– Je… je t'en prie.

– C'est donc Erglug qui t'a appris que j'allais bien ?

– Oui. Mais le sort de soumission jeté par Siyah opérait toujours et, tôt ou tard, Erglug serait reparti à ta recherche afin d'achever son travail. Je n'avais rien de particulier à faire, j'ai décidé de le libérer.

Il se tait un instant, boit une nouvelle gorgée de bière puis :

– À toi maintenant.

– À moi ?

– Oui. Tu ne m'as pas appelé pour que je te donne un coup de main à jeter un sort et puisque je doute que ce soit à cause de mon charme légendaire, je suppose que tu as quelque chose à dire. À me dire.

Mon cœur se serre soudain tandis que mon chagrin, tenu un moment à distance par cette rencontre aussi jolie qu'inattendue avec Jasper, déferle sur moi avec la violence d'un ouragan.

Effet boomerang.

Terrible.

Je sens mes yeux qui s'embuent et, comme si les mots surgissaient de la bouche d'une autre, je m'entends parler :

– C'est un garou. Nos chemins se sont croisés non loin de l'entrepôt où tu as rencontré Erglug. Je lui ai sauvé la vie, il a volé la mienne. Il a ouvert pour moi des portes cachées, des portes verrouillées, des portes inaccessibles. Il a dévoilé des horizons lumineux et dessiné des possibles exaltants. Il m'a guérie de blessures que j'ignorais porter et, pour finir, m'en a infligées de nouvelles que je suis incapable de supporter. Il…

Jasper m'interrompt en posant sa main sur la mienne.

– Qui ça, il ?

– Qu'importe. Il a oublié la saveur de mes baisers, pourquoi devrais-je me souvenir de son nom ?

Un long moment, je demeure silencieuse puis Jasper retire sa main, doucement, et je reprends mon récit.

Je lui dis tout.

Mes actes et mes pensées.

Mon combat contre Lakej et mes combats contre moi.

Mes certitudes et mes doutes. Surtout mes doutes.

Mes peurs.

Mon bonheur et ma détresse.

Surtout ma détresse.

Il m'écoute. Jusqu'au bout.

Et, lorsque j'ai fini, il a la délicatesse de se taire.

De ne rien ajouter, rien commenter, rien expliquer.

Il se contente d'être là, et cela suffit à ce que j'aille mieux.

21

Nous achevons nos bières en silence, puis Jasper se lève.

– Je reviens, souffle-t-il un peu gêné avant de se diriger vers les toilettes.

Jasper.

Quel étrange garçon. Si simple et si complexe. Irritant et attachant. Fort et faible à la fois. Et seul. Terriblement seul. On se ressemble pas mal, en fait.

Le bar se vide. Les derniers clients achèvent leur verre, un homme installé au comptoir en commande un dernier mais, en même temps, il consulte sa montre. Où qu'il aille, il ne veut pas être en retard. C'est Noël ce soir, personne ne traîne dans les bars le soir de Noël.

Presque personne.

Je jette un coup d'œil par la fenêtre. La nuit est tenue en échec par la lumière des lampadaires mais ce combat se déroule sans spectateurs, les trottoirs sont déserts.

Presque déserts.

Un couple passe de l'autre côté de la rue. Enlacé. Elle, grande, natte blonde, silhouette souple et gracile, lui tout en calme et présence, longs cheveux sombres, lunettes rondes, manteau de cuir noir. Ils dégagent une telle impression de connivence amoureuse, de complémentarité sensuelle que ma douleur, anesthésiée par ma discussion avec Jasper, se réveille brusquement.

Načelnik, pourquoi ?

Pourquoi ?

Le cri qui s'apprête à jaillir de ma gorge se fige.

Je connais cette fille. Cette blonde fine et athlétique sur laquelle les hommes se retournent et qui est censée ne leur accorder aucune importance, tellement absorbée par ses études et la nostalgie de son pays d'origine.

Lucile.

Qu'est-ce qu'elle fiche là ?

Au bras de ce garçon que, de toute évidence, elle n'a rencontré ni aujourd'hui ni hier.

À deux pas de l'endroit où habite Jasper.

Je repousse ma chaise, me...

– Ombe ? Un problème ?

Jasper se tient devant moi.

– Non, je... je viens de voir passer une copine et...

Il suit mon regard, se penche, reporte son attention sur moi.

– Dans ce cas, elle est passée vite.

Le trottoir d'en face est désert.

Un bref instant, j'envisage de me précipiter dehors, de rattraper Lucile en courant pour…

Pour quoi ?

Lui demander ce qu'elle fabrique avec ce beau brun alors qu'elle nous a toujours affirmé qu'elle se moquait des garçons ? Depuis quand Lucile doit-elle me rendre des comptes ?

Exiger de savoir où elle a passé ces derniers jours ? Alors que je serais prête à tuer quiconque exigerait ça de moi ?

La sommer de me révéler pourquoi elle collecte des informations sur ma personne ? Ce serait la raison la plus valable. Mais la réponse peut attendre, non ?

– Tu es sûre que c'est une copine ? s'informe Jasper. Pendant un instant j'ai cru que tu envisageais de la courser pour lui régler son compte.

Je lui adresse un clin d'œil.

– Disons que j'ai des… questions à lui poser. En toute amitié, cela s'entend, mais rien ne presse. Tu veux une autre bière ?

Il secoue la tête et désigne le patron morose installé derrière son comptoir, seul être vivant à part nous et quelques araignées dans les coins à ne pas avoir quitté le bar.

– Je pense qu'on pourrait imaginer mieux pour un réveillon de Noël que boire des bières dans ce bistrot, en compagnie de ce type.

– Tu n'as rien de prévu ?

– Rien. À part me jeter sur la prose en latin de Vito Cornelius. Ce qui peut également attendre. Et toi ?

– Rien non plus.

– On est seuls alors ?

– Non.

Il me jette un regard surpris.

– Non ?

– On n'est pas seuls puisqu'on est deux.

Le sourire que m'offre Jasper vaut tous les mercis du monde. Il se penche vers moi, l'œil brillant, tremblant légèrement.

– C'est drôle. On s'est beaucoup dit l'un de l'autre et on s'est découvert des tas de points communs. Penser à toi, te regarder m'a toujours rendu heureux. Ce soir plus que jamais. Pour la première fois de ma vie j'ai l'impression d'être là où je dois être, au bon moment et avec la bonne personne. C'est Noël et on est là, ensemble. C'est un peu comme si tu étais…

Je croise les doigts.

Ne te plante pas, Jasper, je t'en supplie. Ne fiche pas tout en l'air. Ne dis pas de connerie.

– … un peu comme si tu étais ma sœur.

Soulagement.

Intense.

Et l'impression qu'un verrou a sauté au fond de moi. Un lourd et vieux verrou rouillé.

– Ta sœur ? Pas mal !

Je le vois respirer à nouveau, reprendre des couleurs.

Sûr qu'il s'attendait à ce que je me crispe, que je me bloque. Que je me renferme devant son aveu. Devant son espoir... Alors qu'il a su ce soir trouver les mots, et les silences. Du début à la fin. Un sans-faute, Jasper.

J'embraye avant que la situation devienne embarrassante.

– Alors, ce réveillon ?

– On se paie un resto ?

Je fais la moue.

– Trop classique à mon goût. Un hamburger salade tequila rhum banane chez toi ?

– Le menu me va mais l'endroit non. Chez toi ?

– Pas envie. C'est une coloc et elle pue les souvenirs acérés. Autre chose.

– Ce qu'on veut ?

– Ce qu'on veut.

– On se fiche de bouffer ?

– Tant qu'on n'a pas faim.

– Et de boire ?

– Faut pas exagérer.

Jasper prend une inspiration. Se lance.

– Et si on partait ?

La proposition m'interpelle, me séduit. Je la tourne un instant, la pèse, l'examine, lui demande d'attendre quelques secondes. Le temps de la valider par trois questions.

– Où ? Quand ? Comment ?

– Au hasard. Maintenant. À moto.

– Un réveillon sur la route ? À cent kilomètres heure ?
– Et plus si affinités.
– T'as pas de casque.
– T'as l'intention d'avoir un accident ?
– Je ne suis pas du genre prudente.
– Et moi pas du genre casqué. T'as peur ?
– Répète !
– T'as peur ?

Minuit le soir de Noël.

Au sommet des églises, les cloches s'en donnent à cœur joie. Dans les maisons enluminées, des familles réunies autour de tables chargées de mets délicieux savourent le dessert tandis que les enfants reluquent les cadeaux entassés sous le sapin.

Sur une avenue déserte, ma Z1000 fonce à une allure totalement répréhensible. Son phare troue la nuit et les immeubles autour de nous défilent, de plus en plus vite. Jasper a passé ses bras autour de ma taille et fait corps avec moi. Je sais qu'il a fermé les yeux et savoure l'instant.

Comme moi.

Confiant.

Comme moi.

La vie mérite d'être vécue.

Toujours.

Une précision…

Pierre a terminé d'écrire ce volume quelques jours avant de disparaître dans un accident de moto, le 8 novembre 2009.

Nous nous étions envoyé *Le subtil parfum du soufre* et *L'étoffe fragile du monde* le vendredi 6 novembre 2009 ; nous devions lire nos textes pendant le week-end et nous appeler le lundi pour partager nos impressions.

Nous n'avons jamais pu le faire.

Il n'a donc pas relu ou corrigé son texte, ce qu'il faisait toujours et comme cela avait été le cas pour *Les limites obscures de la magie* : ce deuxième volume de **A comme Association** vous a été proposé à l'état brut.

Pierre le disait souvent : il existe quantité de mondes fantastiques qui côtoient le nôtre, les auteurs sont des passeurs et leurs livres des portes permettant d'y accéder.

Il arrive parfois que ces mondes soient si proches qu'ils finissent par se rencontrer ; on dit alors que la réalité rattrape la fiction.

La fin du roman que vous venez de lire n'a pas été ajoutée a posteriori. C'est bien Pierre qui l'a écrite et mon prochain tome en sera la fidèle continuation.

Il me semblait important de vous le rappeler.

J'espère que vous avez, avec Ombe et Jasper, apprécié à sa juste mesure le subtil parfum du soufre, vous qui savez, mieux que quiconque, à quel point est fragile l'étoffe du monde…

Erik L'Homme

Suivez les aventures de Jasper,
l'autre Agent stagiaire de l'Association,
dans :

L'ÉTOFFE FRAGILE DU MONDE

ERIK L'HOMME

J'habite avenue Mauméjean, au numéro 9. Un gigantesque duplex perché tout en haut d'un immeuble haussmannien carrément imposant.

Un premier code permet d'entrer dans un hall sous surveillance (celle de notre concierge et de son chat Léon – à cause du film, pas de Tolstoï). Un deuxième code et, derrière une porte vitrée, on accède à l'ascenseur qui exige à son tour un troisième code pour s'ébranler.

Si un seul des onze propriétaires se fait cambrioler un jour, c'est qu'il aura lui-même engagé les voleurs !

Sur mon palier, au sixième, une seule porte et trois serrures, que je mets toujours cinq minutes à ouvrir. Pour rien, en fait. Car il existe un quatrième verrou. Un verrou invisible, beaucoup plus efficace que tous les autres.

C'est moi qui l'ai apposé.

Je n'ai pas dit posé, parce qu'il est rare qu'on « pose » un sort sur une ouverture. On l'appose, c'est comme ça, j'y peux rien.

J'avais dit que je révélerais « plus tard » ma particularité, celle qui me vaut mon statut d'Agent (stagiaire) de l'Association. Eh bien je crois que c'est le moment. Avant qu'on m'appose la question !

Je suis magicien.

Voilà voilà.

Ceci explique la présence sur la porte d'un sortilège anti-intrus.

Seuls ma mère, mon père et moi (et ceux qui nous accompagnent, bien sûr) pouvons entrer dans l'appartement sans griller comme des saucisses.

Ainsi que Sabrina. Ma gouvernante.

Je sais, une gouvernante, ça fait un peu cliché. Genre gosse de riches ou fils à papa. Alors autant c'est vrai pour le premier, autant c'est à côté de la plaque pour le deuxième.

Mes parents sont (très) rarement là.

Mon père est un homme d'affaires qui a toujours à faire. Il court le monde comme d'autres courent les filles. Saute d'un avion dans un autre. Heureusement que j'ai une photo récente de lui dans un cadre, sur mon bureau, sinon je ne serais pas sûr de le reconnaître la prochaine fois.

Ma mère, je la vois plus souvent. Pas assez. Elle participe à tous les stages qui existent, sous condition d'un ésotérisme clairement affiché. La semaine dernière, c'était poterie tibéto-alsacienne en Ardèche. Là, je crois que c'est méditation brésilo-lituanienne à Séville. Étonnant, non ? comme diraient des proches.

Donnée supplémentaire : ma mère est une sorcière. Pas une vraie sorcière, non ! Une sorcière qui joue à faire de la magie.

C'est une wicce, comme la Willow de la saga *Buffy*, les pouvoirs en moins. Elle appartient à la Wicca, une communauté internationale de gens pacifiques se réclamant de l'Ancienne Religion, celle qui voue un culte à la nature. Une philosophie autant qu'un art de vivre. Les pratiques et les rites consacrés aux énergies, ainsi que les célébrations des cycles naturels, manifestent un salutaire respect des forces élémentaires. L'unique règle de ces gens est : « Fais ce qu'il te plaît tant que cela ne nuit à personne. »

Je trouve ça plutôt sympathique.

C'est en pratiquant avec ma mère, tout petit, que j'ai commencé à développer mes pouvoirs. Elle ne s'est jamais rendu compte que les énergies venaient plus volontiers quand je l'aidais à tisser des sorts. Elle m'a entraîné plusieurs fois dans des covens, ces rassemblements de wiccans célébrant leurs rites dans la nature. C'est pour ça que je sais de quoi je parle !

Mais on ne vit pas de souvenirs quand on a seize ans.

Et la seule chose qui compte, c'est qu'une fois de plus, ce soir comme de très nombreux autres soirs, je me retrouve seul.

Je referme la porte derrière moi et je reprends mon souffle. Parce que j'ai couru sur le trajet, une fois mes camarades plantés avec de vagues excuses, nulles et bégayantes. J'ai couru d'autant plus vite que je me trouvais minable et que je voulais étouffer dans les ahanements du sprint un horrible sentiment de culpabilité.

Ce sentiment n'a pas disparu. Je le sens palpiter au fond de moi. Mais ce que je dois accomplir maintenant nécessite de la concentration, alors je m'efforce de ne plus y penser.

Je cours à nouveau, dans le couloir. À gauche la cuisine ultramoderne où Sabrina a déjà installé mon petit déjeuner, à droite la salle de réception où je ne mets jamais les pieds, à gauche la salle à manger où je ne vais jamais non plus, à droite le salon que j'ai transformé en lieu de vie, tout à la fois réfectoire, squat pour les potes et salle de cinéma.

À gauche enfin, ma chambre, où je m'engouffre.

Je jette ma cornemuse sur le matelas posé à même le plancher, sous un poster du *Seigneur des Anneaux* constellé de runes. Ma veste de toile atterrit sur un fauteuil en vieux cuir craquelé. Avec la sacoche noire qui ne me quitte jamais (enfin presque parce que je me lave, parfois, faut pas croire tout ce qu'on dit sur les ados), je retourne dans le couloir et me dirige vers la dernière pièce. La seule qui soit fermée à clé.

Mes parents occupent le second étage et laissent toujours tout ouvert. Mais je n'y vais pas, même pour me baigner dans la piscine chauffée ou profiter de la terrasse. Mon domaine consiste donc en trois uniques pièces : salon, chambre et… bureau.

Disons plutôt laboratoire.

Je tourne la clé dans la serrure.

À suivre…

L'aventure continue !

déjà parus

1. La pâle lumière des ténèbres

Erik L'Homme

2. Les limites obscures de la magie

Pierre Bottero

3. L'étoffe fragile du monde

Erik L'Homme

à paraître en juin 2011

5. Là où les mots n'existent pas

Erik L'Homme

A comme ASSOCIATION